Paris. — Typographie Georges Chamerot, rue des Saints-Pères, 19.

Forest (Edouard) 1876. Avril - 24

CATALOGUE

DES

LIVRES FRANÇAIS

ORNÉS DE GRAVURES ET RELIÉS EN PARTIE PAR CAPÉ

COMPOSANT LA

BIBLIOTHÈQUE DE M. ÉDOUARD FOREST

DONT LA VENTE AURA LIEU

Le lundi 24 avril 1876 et les deux jours suivants

à 1 heure et demie de l'après-midi

Hôtel des commissaires-priseurs, rue Drouot, 5

Au premier, salle n° 5.

Par le ministère de Me Maurice Delestre, commissaire-priseur,
Successeur de Me Delbergue-Cormont,
Rue Drouot, 23.

Exposition publique le dimanche 23 avril 1876

PARIS
ADOLPHE LABITTE
LIBRAIRE DE LA BIBLIOTHÈQUE NATIONALE
4, rue de Lille, 4

1876

CATALOGUE

DES

LIVRES FRANÇAIS

ORNÉS DE GRAVURES ET RELIÉS EN PARTIE PAR **CAPÉ**

COMPOSANT LA

BIBLIOTHÈQUE DE M. ÉDOUARD FOREST.

CATALOGUE

DES

LIVRES FRANÇAIS

ORNÉS DE GRAVURES ET RELIÉS EN PARTIE PAR **CAPÉ**

COMPOSANT LA

BIBLIOTHÈQUE DE M. ÉDOUARD FOREST

DONT LA VENTE AURA LIEU

Le lundi 24 avril 1876 et les deux jours suivants

à 1 heure et demie de l'après-midi

Hôtel des commissaires-priseurs, rue Drouot, 5

Au premier, salle n° 5.

Par le ministère de Me Maurice Delestre, commissaire-priseur,
Successeur de Me Delbergue-Cormont,
Rue Drouot, 23.

Exposition publique le dimanche 23 avril 1876

PARIS
ADOLPHE LABITTE
LIBRAIRE DE LA BIBLIOTHÈQUE NATIONALE
4, rue de Lille, 4

—

1876

La bibliothèque de M. Édouard Forest comprend trois divisions principales.

La première division est composée des ouvrages de différents genres classés par ordre méthodique. Nous y signalerons :

N° 3. Les Figures de l'Ancien Testament, 1547, jolie reliure de *Capé*. — N° 5. Les Figures des Femmes de la Bible et de l'Histoire sainte, tirées in-folio, splendide reliure de *Capé*.

N° 7. Les Évangiles, publiés par Curmer, 3 vol. in-4, maroquin.

N° 10. Le Livre d'heures d'Anne de Bretagne, publié par Curmer, 2 vol. in-4, maroquin à mosaïques. — N° 16. L'Imitation de J.-C., publ. par Curmer, 2 vol. in-4, maroquin à mosaïques (*Capé*). N° 20. Sentences de la Rochefoucauld, édition Jannet, *sur vélin*. Riche reliure de *Capé*. — N° 23. L'Anatomie de l'homme, 9 vol. in-fol., figures coloriées. — N° 30. Le Mareschal des batailles,

1647, in-fol., belle reliure de *Capé*. — N° 31. Le Moyen Age et la Renaissance, 5 vol. in-4. — N° 32. Les Arts somptuaires, 4 vol. in-4, maroquin, reliure de *Capé*. — N° 34. Galerie de Florence. — N° 35. Galerie de Rubens. — N° 37. Les Vierges de Raphael. — N° 52. Les Français peints par eux-mêmes, 9 vol. in-4. — N°s 57 à 61. Costumes divers. — N° 67. Les Métamorphoses d'Ovide, 4 vol. in-4. — N° 74. Fables choisies de la Fontaine, in-4, figures d'Oudry, non rogné. — N° 77. Contes de la Fontaine, in-4, figures de Fragonard avant la lettre. — N° 86. Répertoire général du Théâtre-Français, 193 vol. in-12, demi-rel., non rogné. — N° 98. Les Quinze Joies du mariage, édition Jannet, exemplaire sur *peau vélin*. Très-belle reliure de *Capé*. — N° 108. La collection des Hermites, 68 vol. in-12, demi-rel. mar. non rogné. — N°s 118 à 121. Voyages pittoresques. — N° 123. Algérie historique. — N° 136. La Touraine, 1855, splendide exemplaire relié par *Capé*. — N° 139. Le Livre d'or de la noblesse européenne, 4 vol. in-4.

La deuxième division renferme les ouvrages illustrés, publiés comme livres d'étrennes depuis 1835 et reliés en maroquin plein par *Capé, Masson* et *Debonnelle*, et autres relieurs cités. Ces exemplaires sont de premier tirage pour les gravures, et offrent cette particularité que, sur les reliures solides et luxueuses qu'on leur a données, se trouvent les fers originaux des cartonnages du temps, ornements passagers qui se sont conservés sur ces reliures de maîtres.

On peut citer : N° 151. L'Ane mort, de Jules Janin. — N° 161. Les Aventures de Télémaque. — N° 173. La Peau de chagrin. — N° 175. Les Beautés de l'Opéra. — N° 187. La Bretagne ancienne et moderne. — N° 195. Chants et Chansons populaires de la France. — N°s 202 à 210. Contes divers. — N° 218. Le Diable à Paris. — N° 221. Dictionnaire de la noblesse. — N°s 223 à 225. Discours sur l'histoire universelle, par Bossuet. — N°s 226-227. Don Quichotte. — N° 232. L'Espagne pittoresque. — N° 240. Fables de la Fontaine. — N° 254. Les Fleurs animées. — N° 265. Gil-Blas. — N° 290. Le Jardin des Plantes. — N° 292. Jérôme Paturot. — N° 300. Gavarni. — N° 301. Le Juif-Errant. — N° 310. Masques et Bouffons. — N° 317. Les Mille et une Nuits. — N° 323. Murailles révolutionnaires. — N° 328. Mystères de Paris. — N° 337. La Nouvelle Héloïse. — N° 348. Paul et Virginie. — N° 358. Picciola. — N° 361. Le Plutarque français. — N° 376. Les Rues de Paris. — N° 379. Les Saintes Femmes. — N° 380. Scènes de la vie des animaux. — N° 385. — Les Symphonies de l'hiver. — N° 394. Vicaire de Wakefield. — N°s 403 à 427. Voyages divers illustrés. — N°s 428-429. Werther.

La troisième division est consacrée aux ouvrages sur la ville de Reims, tels que : N° 434. Notre-Dame de Reims, par Prosper Tarbé. Exemplaire sur *peau vélin*, richement relié par *Capé*. — N° 437. Toiles peintes de la ville de Reims, relié en maroquin. — N° 438 à 441. Bibliothèque de l'amateur rémois, 4 vol. reliés par *Capé* et imprimés sur vélin. — N° 442-443. Contes rémois. — N° 445. Collection des poëtes de Champagne, 24 vol. in-8, et surtout le N° 431, Essai sur Reims, par Prosper Tarbé, in-4, divisé en 5 vol. et 2 atlas. Exemplaire unique, auquel on a ajouté 47 collections de gravures ou pièces détachées anciennes et modernes.

CATALOGUE

DES

LIVRES FRANÇAIS

ORNÉS DE GRAVURES ET RELIÉS PAR **CAPÉ**

COMPOSANT LA

BIBLIOTHÈQUE DE M. ÉDOUARD FOREST.

PREMIÈRE PARTIE.

THÉOLOGIE.

1. Les Beautés de la sainte Bible, illustrées d'après les grands maîtres, avec des réflexions morales par l'abbé G.-M. Leguyon. (Ancien Testament, 1 vol., Nouveau Testament, 1 vol.) Les deux volumes réunis en un seul, in-4, doré en tête, ébarbé, avec papier de soie Montgolfier sur toutes les gravures, demi-rel. avec coins en maroquin. (*Galette.*)

2. Die Heilige Schrift des Alten und Neuen Testament aus der Vulgata übersetzt von Dr Joseph Frank Allioli. Illustrirte Handausgabe. *München, Vogel'sche Verlags Buchandlung*, 1851, 1 fort vol. in-4, doré s. tr. rel. pleine en mar. noir, par C. Hartneck, de Stuttgard, avec fers poussés à froid et en or sur le dos et sur les plats.

3. Icones historiarum Veteris Testamenti, ad vivum expressæ extremaque diligentia emendatiores factæ Gallicis in expositione homœoteleutis, ac versuum ordinibus qui prius turbati ac impares suo numero restitutis. *Lugduni, apud Joannem Frellonium*, 1547, 1 vol. pet. in-4, doré s. tr. rel. pleine en mar. rouge, compartiments mosaïques, avec fers poussés en or sur le dos et sur les plats. (*Capé.*)

4. Historiæ celebriores Novi Testamenti iconibus repræsentatæ ad excitandas bonas meditationes selectis epigrammatibus exornatæ in luce datæ a Christophoro Wirgelio. *Noribergæ*, 1 vol. in-fol. doré en tête et ébarbé, avec papier blanc sur toutes les gravures, demi-rel. avec coins en mar. et fers poussés en or sur le dos. (*Capé.*)

5. Collection in-fol. des gravures des Femmes de la Bible, publiées en 1850 par Garnier frères. *Paris.* — Collection in-fol. des gravures des Saintes Femmes de la Bible, publiées en 1852 par Garnier frères. *Paris.* — Collection in-fol. des gravures des Beautés de l'histoire sainte, publiées *à Paris, à la libraire de l'ancienne maison Marchand, éditeur, et chez Garnier frères.* Les gravures sont tirées sur chine, avant la lettre, et l'indication de chaque gravure a été imprimée à part sur la feuille de papier rose Montgolfier qui se trouve sur chaque gravure. Ces trois collections sont réunies en 1 vol. in-fol. doré sur tranches, avec charnières en maroquin doublé de moire antique. Splendide reliure en maroquin bleu, dentelles à petits fers poussés sur les plats et sur le dos. (*Capé.*)

On a ajouté au commencement un titre fait à la main, pour indiquer les trois collections, un également fait à la main devant les saintes femmes et un autre devant les beautés de l'Histoire sainte.

Il a été tiré un très-petit nombre d'exemplaires sur aussi grand papier. Ce volume, enveloppé dans une gaine doublée en peau, est enfermé dans un étui fait par Capé.

6. Les Évangiles des dimanches et fêtes, illustrés par Barbat père et fils. *Châlons-sur-Marne, lithographie et imprimerie Barbat*, 1844, 1 vol. petit in-4, doublé en moire blanche antique, rel. en velours brodé d'or sur le dos et sur les plats, tranches ciselées. Le texte de cet exemplaire est tiré sur papier porcelaine et est entouré d'un encadrement à chaque page.

La reliure a été brodée exprès pour le volume, par les nègres de Constantine.

7. Les Évangiles des dimanches et fêtes de l'année. *Paris, L. Curmer, M.DCCCLXIV*, 3 vol. in-4, rel. pleine en mar. vert, dentelles en petits fers poussés en or sur les plats, doublé de moire antique, monté sur onglets, tr. dor. et charnières en maroquin. (*Masson-Debonnelle, successeur de Capé.*)

8. Evangelia slavice, quibus olim in regnum Francorum oleo sacro inungendorum solemnibus uti solebat ecclesia Remensis, vulgo : (texte du sacre), ad exemplaris similitudinem descripsit et edidit Silvestre. *Lutetiæ Parisiorum*, 1843, fac-simile par J.-B. Silvestre, traduction latine par feu Kopitar. — Notice française et éclaircissements historiques, par Louis Paris, l'ancien bibliothécaire de Reims. *Paris, librairie archéologique de V. Didron*, 1852, 1 vol. in-4, rel. pleine en peau de truie, avec fers gaufrés poussés sur les plats, doublé en moire cerise antique, tranches peintes en rouge, avec fleurs de lis poussées en or sur la tranche. (*Gruel.*)

9. La Légende de sainte Ursule, princesse britannique, et de ses onze mille vierges, d'après les anciens tableaux de l'église de Sainte-Ursule à Cologne, reproduits en chromolithographie, publiée par Kellerhoven. Texte par J.-B. Dutrou; planches et texte inédits. *Paris, chez l'auteur; impressions lithochromiques par Haugard-Maugé, typographie par Simon Raçon*, 1860, 1 vol. petit in-4, doré sur tranches, avec papier de soie Montgolfier sur

toutes les gravures, rel. pleine en mar. la Vallière, et fers poussés en or sur le dos et sur les plats. (*Masson et Debonnelle.*)

10. Le Livre d'heures de la reine Anne de Bretagne. *L. Curmer*, 1861, 2 vol. in-4 montés sur onglets, rel. pleine en mar. rouge, avec fers poussés sur le dos et sur les plats. (*Capé.*)

Armes, mosaïques sur les plats. Doublé de moire verte antique, tranche dorée et ciselée. Charnières en maroquin rouge. Très-bel exemplaire.

11. Vie de la reine Anne de Bretagne, femme des rois de France Charles VIII et Louis XII, suivie de notes inédites et de documents originaux, par Le Roux de Lincy. *Paris, L. Curmer, M.DCCCLX*, 4 vol. in-8 rel. en 2, reliure pleine en mar. rouge, avec un semé de fleurs de lis en or et armes poussées en or sur les plats, doublé de vélin blanc semé d'hermines noires, tr. dor. et charn. en mar. (*Capé.*)

12. Livre d'heures d'après les manuscrits de la Bibliothèque royale. *Paris, Engelmann et Graff*, 1846, 1 vol. in-12 en chromolithographies variées à chaque page, doré s. tr. et doublé de moire blanche antique, reliure pleine en velours vert orné d'une magnifique sculpture en bois sur le dos et sur les plats, avec coins et fermoirs en argent. (*Gruel.*)

13. HEURES AU MOYEN AGE. *Gruel-Engelmann, M.DCCCLXII*, 1 vol. pet. in-12, dor. s. tr. et ciselé, avec charnières en cuir de Russie, reliure pleine en cuir de Russie, avec fers poussés à froid sur les plats, doublé de moire antique grenat, et deux fermoirs en argent oxydé. (*Gruel.*)

14. Libri quatuor de Imitatione Christi præcipuo regni administro dicati. *Parisiis, typographia fratris regis natu proximi, M.DCCLXXXVIII.* Avec une très-belle gravure du Sauveur du monde gravée par Ignace Seba S. Klauber, 1 vol. pet. in-fol.

doré en tête et ébarbé, demi-rel. avec coins en maroquin (*Capé.*)

15. De Imitatione Christi libri quatuor. *Impressum Parisiis, cura Edwini Tross*, 1858, 1 vol. in-32 dor. sur tr. rel. pleine en mar. rouge, avec encadrements en or sur les plats et fers poussés en or sur le dos. (*Petit.*)

Cet exemplaire est imprimé sur papier de Chine.

16. L'Imitation de Jésus-Christ, *Paris, L. Curmer*, 1855-1857, 2 vol. in-4, rel. pleine en mar. la Vallière, compart. en mosaïque sur le dos et sur les plats, doublés de moire verte antique montée sur onglets, et tranches dorées et ciselées. (*Capé.*)

Avec appendice à l'Imitation de Jésus-Christ.
Notice de M. Jules Janin sur l'Imitation de J.-Ch.
Auteur présumé de l'Imitation, par M. l'abbé Delaunay, curé du diocèse de Paris, et l'histoire de l'ornementation des manuscrits, par Ferdinand Denis.
Reliure uniforme.

17. Les Maximes de saint Ignace, fondateur de la Compagnie de Jésus, avec les sentiments de saint Fr. Xavier, de la même Compagnie. *Le Mans, Dehallais, du Temple et Comp.*, 1859, 1 vol. in-18 dor. s. tr. rel. pleine en mar. rouge, avec encadrements en or sur les plats et fers poussés en or sur le dos. (*Petit.*)

Cet exemplaire est imprimé sur papier rose.

18. Guirlande à Marie, par Mme la comtesse de Hahn Hahn, traduit de l'allemand par M. Dailhache. *Le Mans, du Temple et Viallat*, 1860, 1 vol. in-18 dor. s. tr rel. pleine en mar. la Vallière, avec encadrements en or sur les plats et fers poussés en or sur le dos. (*Petit.*)

Cet exemplaire est imprimé sur papier rose.

19. Histoire des Papes, crimes, meurtres, empoisonnements, parricides, etc., depuis saint Pierre jusqu'à Grégoire XVI. — Histoire des saints, des martyrs, des Pères de l'Église, des ordres religieux, des conciles, des cardinaux, de l'inquisition, des

schismes et des grands réformateurs. — Crimes des rois, des reines et des empereurs, par M. Louis-Marie de Cormenin; édition splendidement illustrée de gravures sur acier exécutées par nos premiers artistes. *Paris*, 1842, 10 vol. in-8 dor. sur tr. et pap. de soie Montgolfier sur toutes les gravures, demi-rel. avec coins en mar. et fers poussés en or sur le dos.

Il a été ajouté dans cet exemplaire la série de gravures coloriées qui ont été publiées à part, ainsi qu'une médaille en bronze, représentant le portrait de l'auteur.

SCIENCES ET ARTS.

20. Réflexions, Sentences et Maximes morales de la Rochefoucauld; nouvelle édition, conforme à celle de 1678, et à laquelle on a joint les annotations d'un contemporain sur chaque maxime, les variantes des premières éditions, et des notes nouvelles par G. Duplessis, avec une préface par Sainte-Beuve, de l'Académie française. *Paris*, *P. Jannet*, 1853, 1 vol. in-12, ébarbé, splendide reliure pleine en mar. rouge, compart. à pet. fers poussés en or sur le dos et sur les plats, doublé de moire antique gros bleu, et garde en maroquin gros bleu, orné d'une riche dentelle poussée en or, et charnières en maroquin rouge, étui en maroquin rouge doublé de chamois. (*Capé.*)

Cet exemplaire est imprimé sur peau de vélin.

21. Buffon. Histoire naturelle, générale et particulière, avec la description du cabinet du roi; sixième édition, avec tous les suppléments. *Paris*, *suivant la copie de l'Impr. royale, M.DCC.LIX*, 89 vol. in-12, dorés en tête et ébarbés, avec pa-

pier de soie Montgolfier sur toutes les gravures, demi-rel. en maroquin, avec coins et fers poussés en or sur le dos.

22. Dictionnaire universel d'histoire naturelle, résumant et complétant tous les faits présentés par les encyclopédies, les anciens dictionnaires scientifiques, les œuvres complètes de Buffon, et les meilleurs traités spéciaux sur les diverses branches des sciences naturelles donnant la description des êtres et les divers phénomènes de la nature, etc., par MM. Arago, Bazin, Becquerel, Bibron, Blanchard, Boitard, de Brébisson, Brongniart, etc., etc., dirigé par M. Ch. d'Orbigny, et enrichi d'un magnifique atlas de planches gravées sur acier. *Paris, Fortin, Masson et Comp.*, 1842, 13 vol. in-8 et 3 vol. atlas in-4, demi-rel. en cuir de Russie, par Gruel, avec tranches peignes et coins en cuir de Russie, les atlas montés sur onglets, et papier de soie Montgolfier sur toutes les gravures.

Les gravures de cet exemplaire, tiré sur grand papier in-4, sont coloriées avec beaucoup de soin.

23. Traité complet de l'anatomie de l'homme, comprenant l'anatomie chirurgicale et la médecine opératoire, par les docteurs Bourgerie et Claude Bernard, et le professeur dessinateur anatomiste V.-X. Jacob, avec le concours de MM. Ludovic Hirschfeld, Gerbe, Léveillé, Roussin, Leroux, Dumoutier, etc. Ouvrage couronné par l'Académie des sciences. *L. Guérin, éditeur, Paris*, 1866-1867, 9 vol. in-fol. dorés en tête et ébarbés, demi-rel. avec coins en maroquin.

Exemplaire avec planches coloriées, et un texte supplémentaire.

24. Les Secrets de nos pères, recueillis par le bibliophile Jacob, ou l'Art de conserver la beauté. *Paris, Adolphe Delahays*, in-12, tr. dor. rel. pleine en mar. bleu, avec fers poussés en or sur le dos et filets en or sur les plats. (*Petit.*)

Cet exemplaire est tiré sur papier bleu.

25. Le Livre d'or des métiers. Histoire des hôtelleries, cabarets, hôtels garnis, restaurants et cafés, et des anciennes communautés et confréries d'hôteliers, de marchands de vins, de restaurateurs, de limonadiers, etc., etc., par Francisque Michel et Edouard Fournier. *Paris*, 1851, 2 vol. in-8, dorés en tête et ébarbés, demi-rel. avec coins en mar. et fers poussés en or sur le dos. (*Capé.*)

26. Le Livre d'or des métiers. Histoire de la charpenterie et des anciennes communautés et confréries de charpentiers de la France et de la Belgique, par MM. Paul Lacroix, bibliophile Jacob, Emile Béguin et Ferdinand Séré. *Paris*, 1851, 1 vol in-8, doré en tête et ébarbé, demi-rel. avec coins en maroquin et fers poussés en or sur le dos. (*Capé.*)

27. Le Livre d'or des métiers. Histoire de l'imprimerie et des arts et professions qui se rattachent à la typographie, calligraphie, enluminure, parcheminerie, librairie, gravures sur bois et sur métal, comprenant l'histoire des anciennes corporations et confréries d'écrivains, d'enlumineurs, de relieurs, etc., de la France, depuis leur fondation jusqu'à leur suppression en 1789, par Paul Lacroix, Edouard Fournier et Ferdinand Séré. *Paris*, 1852, 1 vol. in-8, doré en tête et ébarbé, demi-rel. avec coins en maroquin et fers poussés en or sur le dos. (*Capé.*)

28. Le Livre d'or des métiers. Histoire de l'orfévrerie, joaillerie, et des anciennes communautés et confréries d'orfévrerie, joaillerie, de la France et de la Belgique, par Paul Lacroix et Ferdinand Séré. *Paris*, 1850, in-8, doré en tête et ébarbé, demi-rel. avec coins en maroquin et fers poussés en or sur le dos. (*Capé.*)

29. Le Livre d'or des métiers. Histoire de la coiffure, de la barbe et des cheveux postiches, depuis les temps les plus reculés jusqu'à nos jours, suivie de

l'historique des anciennes corporations de barbiers, et des anciens statuts, priviléges et règlements des anciennes communautés, etc., par et d'après Molé, Thiers et Ferdinand Séré. *Paris*, 1851, 1 vol. in-8, doré en tête et ébarbé, demi-reliure avec coins en maroquin et fers poussés en or sur le dos. (*Capé.*)

30. Le Mareschal de bataille, concernant le maniement des armes, les évolutions, plusieurs bataillons tant contre l'infanterie que contre la cavalerie, divers ordres de bataille, avec un bref discours sur les considérations que doit avoir un souverain avant que de commencer la guerre, et un abrégé des fonctions de généraux d'armes, de maréchaux de camp et autres principales charges d'icelles. Dédié au Roi, inventé et recueilli par le sieur de Lostelneau, maréchal de bataille des camps et armées de Sa Majesté, et seigneur major de ses gardes françoises. *Paris, de l'imprimerie d'Estienne Mignon, professeur de mathématiques, avec privilége du Roi, M.DCXLVII*, 1 vol. petit in-fol. doré sur tranches, reliure pleine en mar. rouge, avec fers poussés en or sur le dos et sur les plats. (*Capé.*)

BEAUX-ARTS.

LIVRES A FIGURES. — COSTUMES.

31. LE MOYEN AGE ET LA RENAISSANCE. Histoire et description des mœurs et usages, du commerce et de l'industrie, des sciences, des arts, des littératures et des beaux-arts en Europe, par MM. Paul Lacroix et Ferdinand Séré; dessins, fac-simile par M. A. Rivaud. *Paris*, 1848, 5 vol. in-4, tranches dorées et ciselées, papier de soie rose Montgolfier sur toutes les gravures, reliure pleine en peau de truie naturelle, avec charnières en peau de truie doublée de moire verte antique, avec fers Renaissance poussés à froid sur le dos et sur les plats. (*Capé.*)

32. LES ARTS SOMPTUAIRES. Histoire du costume et de l'ameublement et des arts et industries qui s'y rattachent, sous la direction de Haugard-Maugé, dessins de Cl. Ciappori, introduction générale et texte explicatif par Ch. Louandre, impressions en couleur par Haugard-Maugé. *Paris, chez Haugard-Maugé*, 1858, 2 vol. in-4 de texte et 2 vol. in-4 de planches; ensemble 4 vol. in-4, tranches dorées et ciselées, et papier de soie Montgolfier sur toutes les gravures, reliure pleine en peau de truie naturelle, avec charnières en peau de truie, doublée en moire verte antique, avec fers Renaissance poussés à froid sur le dos et sur les plats. (*Capé.*)

On a ajouté à la fin du second volume du texte : *la Prostitution en Europe depuis l'antiquité jusqu'à la fin du* XVIe *siècle*, par M. Rabutaux, avec une bibliographie par M. Paul Lacroix, et 4 planches hors texte, gravées par M. M. Bisson et Cottard, d'après les dessins fac-simile de A. Racinet fils, sous la direction de Ferdinand Seré, Paris. 1851.

33. Les Galeries publiques de l'Europe, par M. J.-C.-D. Armengaud. *Paris, J. Claye, M.DCCC.LVI*, 1 vol. gr. in-4, dor. s. tr. et feuilles de papier de soie Montgolfier sur toutes les gravures, reliure pleine en mar. rouge, avec fers poussés en or sur le dos et sur les plats. (*Capé.*)

34. Tableaux, Statues, Bas-Reliefs et Camées de la galerie de Florence, du palais Pitti, dessinés par Wicar et gravés sous la direction de C.-L. Masquelier, ex-pensionnaire de l'Académie de France à Rome, avec les explications par Montgel, membre de l'Institut de France, classe des sciences et des arts. *Paris*, *Firmin-Didot*, 1852 à 1856, 4 vol. in-fol. reliés en deux, dorés en tête et ébarbés, papier Montgolfier sur toutes les gravures, demi-rel. avec coins en maroquin et fers poussés en or sur le dos. (*Capé.*)

35. Galerie de Rubens, dite du Luxembourg, ouvrage composé de 25 estampes, avec l'explication historique et allégorique de chaque sujet. *Paris, Le Roy*, 1846, 1 vol. in-fol. doré en tête et ébarbé, papier Montgolfier sur toutes les gravures, demi-reliure en maroquin et fers poussés en or sur le dos. (*Capé.*)

36. Les Peintres primitifs. Collection de tableaux rapportés d'Italie, et publiée par M. le chevalier Artaud de Montor, reproduits par nos premiers artistes, sous la direction de M. Challamel. *Paris, Challamel*, 1843, 1 vol. pet. in-fol. doré en tête, ébarbé, avec papier de soie Montgolfier sur toutes les gravures, demi-rel. avec coins en maroquin et fers poussés en or sur le dos. (*Capé.*)

Légèrement piqué.

37. LES VIERGES DE RAPHAEL, gravées par les premiers artistes français. *Paris, Furne et Perrotin*, 1 vol. in-fol. doré en tête, légèrement ébarbé, et papier de soie rose Montgolfier sur toutes les

gravures, demi-reliure avec coins en maroquin et fers poussés en or sur le dos. (*Capé.*)

Les gravures de cet exemplaire d'amateur sont sur chine avec la lettre, et sur très-grand format, comme il en a été tiré peu d'exemplaires.

38. Le Triomphe de la mort, gravé d'après les dessins originaux de Holbein par Chrétien de Michel, graveur à Bâle. *Paris, imprimerie de Raçon et Ce, M.DCCCLIII*, pet. in-4, rel. pleine en mar. vert foncé, janséniste. (*Capé.*)

Les gravures de cet exemplaire sont avant la lettre.

39. Œuvres de Jean Holbein, ou Recueils de gravures d'après les plus beaux ouvrages de ce fameux peintre, publ. par Chrétien Michel, graveur et membre de diverses académies. *M.DCCLXXX*. — 1re *partie*. Le Triomphe de la mort, d'après les dessins à l'encre de Chine, du même format, dont les originaux se trouvent dans la galerie impériale de Saint-Pétersbourg. — 2e *partie*. La Passion de Jésus-Christ, d'après les dessins à l'encre de Chine, d'un format un peu plus grand que les gravures qui se trouvent à la bibliothèque publique à Basle. — 3e *partie*. Costumes d'hommes et de femmes suisses du XVIe siècle, d'après divers dessins qui se trouvent à la bibliothèque de Basle. — 4e *partie*. Portraits d'après les peintures à l'huile dont la majeure partie sont conservées à la bibliothèque de Basle. — 10 vol. pet. in-fol., comprenant les 4 parties, dorés en tête et ébarbés, avec feuilles de papier de soie Montgolfier sur toutes les gravures, demi-reliure avec coins en maroquin et fers poussés en or sur le dos. (*Capé.*)

40. Anacréon. Recueil de compositions dessinées par Girodet, et gravées par Châtillon, son élève, avec la traduction en prose des odes de ce poëte, faite également par Girodet, publiée par son héritier et par les soins de M. Béquerel et P.-A. Coupin. *Paris, chez Chaillon, impr. de Firmin Didot, M.DCCCXXV*, 1 vol. pet. in-fol. cartonné, ébarbé.

41. Sapho, Bion, Moschus. Recueil de compositions dessinées par Girodet et gravées par M. Châtillon, son élève, avec la traduction en vers par Girodet de quelques-unes des poésies de Sapho et de Moschus, et une notice sur la vie et les œuvres de Sapho par M. P.-A. Coupin. *Paris, Jules Renouard et Firmin-Didot, M.DCCCXXIX*, 1 vol. petit in-fol. cartonné et ébarbé.

42. Lettres à Émilie sur la mythologie, par C.-A. Demoustier, édition ornée de nombreuses gravures. *Paris, Renouard, XI*-1801, 2 vol. in-8, dorés sur tranches, reliure pleine.

43. Les Amours de Psyché et de Cupidon, lithographiés d'après les dessins de Raphaël par Bouillon, Beaugard, Thill, Châtillon, Dejeune, Fragonard, etc., sous la direction de Hip. Castel de Courval; édition ornée du poëme de la Fontaine. *Paris, impr. de Firmin-Didot, M.DCCCXXV*, 1 vol. pet. in-fol. doré en tête et ébarbé, papier de soie Montgolfier sur toutes les lithographies, demi-rel. avec coins en maroquin et fers poussés en or sur le dos. (*Capé.*)

Toutes les lithographies de cet exemplaire sont tirées sur papier de Chine avant la lettre.

44. Monuments d'architecture et de sculpture, dessinés d'après nature et lithographiés en plusieurs teintes, par F. Stroobant, accompagnés de notices historiques et archéologiques par F. Stappaerts. *Bruxelles, C. Mucquardt*, 1 vol. in-fol. orné de lithographies tirées en plusieurs teintes. Les deux volumes, réunis en un seul, sont dorés en tête et ébarbés, avec feuilles de papier de soie rose Montgolfier sur toutes les gravures, demi-reliure avec coins en maroquin et fers poussés en or sur le dos. (*Capé.*)

45. Le Brabant et les Flandres. Monuments d'architecture et de sculpture, dessinés d'après nature

et lithographiés en plusieurs teintes par F. Stroobant, accompagnés de notices historiques et archéologiques par F. Stappaerts. *Bruxelles, C. Mucquardt,* 1 vol. in-fol. orné de lithographies tirées en plusieurs teintes.

46. Le Rhin monumental et pittoresque. Aquarelles d'après nature lithographiées en plusieurs teintes par MM. Fourmois, Lauters et Stroobant; texte par M. L. Hymans. *Bruxelles*, *Charles Mucquardt*, 1 vol. pet. in-fol. doré en tête, ébarbé seulement, et papier de soie rose Montgolfier sur toutes les gravures, demi-rel. avec coins en maroquin et fers poussés en or sur le dos. (*Capé.*)

47. Le Rhin monumental et pittoresque (Francfort à Constance). Aquarelles d'après nature, lithographiées en plusieurs teintes par F. Stroobant, avec un texte explicatif par M. E. Hymans. *Bruxelles*, 1 vol. in-fol. doré en tête, ébarbé seulement, papier de soie rose Montgolfier sur toutes les gravures, demi-rel. avec coins en maroquin et fers poussés en or sur le dos. (*Capé.*)

48. Die Schweiz in Original-Ansichten ihrer interessantesten Gegenden, mit einem historisch topographischen Text von Runge. *Darmstadt*, *Druck und Verlag von Gustav Georg Lange,* 1861, 3 vol. pet. in-fol. montés sur onglets, dorés en tête et ébarbés, avec papier de soie Montgolfier sur toutes les gravures, demi-rel. janséniste avec coins en maroquin.

Le texte de cet exemplaire est sur grand papier, et les gravures sont tirées sur papier de Chine.

49. Monographie de l'ancienne abbaye royale de Saint-Yves de Braine, avec la description des tombes royales et seigneuriales renfermées dans cette église, par Stanislas Priou; ouvrage orné de 27 planches, dont 12 sur acier, 6 en chromolithographie, et 9 en lithographie tirées en bistre. *Pa-*

ris, Victor Didron, 1859, 1 vol. in-fol. doré en tête et ébarbé, avec papier de soie Montgolfier sur toutes les gravures, demi-rel. avec coins en maroquin et fers poussés en or sur le dos. (*Capé.*)

50. La Cassette de saint Louis, roi de France, donnée par Philippe le Bel à l'abbaye du Lys, reproduction en or et en couleur, grandeur de l'original, par les procédés chromolithographiques, accompagnée d'une notice historique et archéologique sur cette œuvre remarquable de l'art civil au moyen âge, par Edmond Ganneron. *Paris, J. Claye et Cie, M.DCCCLV,* 1 vol. pet. in-fol. doré en tête et ébarbé, papier Montgolfier sur toutes les chromolithographies, demi-rel. avec coins en maroquin et fers poussés en or sur le dos. (*Capé.*)

51. La Fontaine en estampes, ou nouvelle édition de ses fables, plus complète que les précédentes, ornée de 110 gravures en taille-douce, imprimées dans le texte, précédée de la vie de l'auteur, extraite du nouvel ouvrage de M. Walckenaer, *Paris, imprimerie Nepveu, M.DCCCXXI,* 1 volume in-4, doré en tête et ébarbé, demi-rel. avec coins en maroq. (*Galette.*)

52. Les Français peints par eux-mêmes, encyclopédie morale du XIXe siècle. *Paris, L. Curmer, éditeur, M.DCCCXLI* (comprenant 5 volumes de types de Paris, 3 volumes de types de province, 1 volume intitulé le Prisme). Ensemble 9 volumes avec papier de soie Montgolfier sur toutes les gravures, demi-rel. avec tr. peintes et fers poussés en or sur le dos.

53. Napoléon à la grande armée, 3 gravures représentant la colonne Vendôme et 140 dessins donnant les détails de tous les sujets historiques qui y figurent. *A la calcographie du musée Napoléon. Paris, MDCCCX,* 1 volume gr. in-fol. dor. s. tr. papier de soie blanc sur toutes les gravures, rel.

pleine avec larges fers poussés en or sur le dos et sur les plats. (*Ginain.*)

54. Souvenirs de la guerre d'Orient, batailles et épisodes militaires les plus importants des armées alliées. Dessinés et lithographiés par Guérard, V. Adam, Deroy, etc. *Paris, publié par E. Moriez, imprimerie Lemercier,* 1 volume gr. in-8 oblong, monté sur onglets, doré en tête et ébarbé, avec papier de soie Montgolfier sur toutes les gravures, demi-rel. avec coins en maroq. et fers poussés en or sur le dos. (*Galette.*)

55. Affaires d'Orient, épisodes militaires les plus importants des armées alliées, dessinés et lithographiés par Lebreton, Bellow, M. D. F. Roux, Morel-Fatio, Benoît de Moraine, etc. *Paris, publié par Wild.* (Les lithographies de cet exemplaire sont coloriées avec soin.) 1 volume grand in-8 oblong, monté sur onglets, doré en tête et ébarbé avec papier de Chine Montgolfier sur toutes les gravures, demi-rel. avec coins en maroq. et fers poussés en or sur le dos. (*Galette.*)

56. OEuvres nouvelles de Gavarni. Par-ci, par-là, et physionomies parisiennes. — 100 sujets. *Aug. Marc. et Cᵉ éditeurs, Paris,* 1 vol. pet. in-fol. doré sur tr. demi-rel. en maroq. et papier maroquiné, avec gaufrures sur les plats.

57. Les Costumes coloriés de la Chine, sur papier de riz, encadrés dans un double papier et montés sur onglet, 1 vol. pet. in-fol. dor. sur tr. et rel. en plein.

58. Abrégé historique des principaux traits de la vie de Confucius, célèbre philosophe chinois, orné de 24 estampes in-4, gravées par Helman, d'après les dessins originaux de la Chine, envoyés à Paris par le P. Amyot, missionnaire à Pékin, et tirés du cabinet de M. Bertin, ancien ministre d'État. *Paris, chez l'auteur, et chez M. Prince,*

graveur, 1 vol. in-4, dor. en tête ébarbé, avec feuilles de papier de soie Montgolfier sur toutes les gravures, demi-rel. avec coins en maroq. et fers poussés en or sur le dos. (*Capé.*)

59. Costumes militaires français, depuis l'organisation des premières troupes régulières en 1439, jusqu'en 1789. Dessins et texte par MM. de Noirmont et Alfred de Marbot. *Paris*, *Clément*, 2 vol. in-fol. dorés en tête et ébarbés avec papier de soie Montgolfier sur toutes les gravures, demi-rel. avec coins en maroq. et fers poussés en or sur le dos. (*Capé.*)

60. Esquisses, histoire des différents corps composant l'armée française, par Joachim Ambert, dessinés par Ch. Aubry. *A. Degou, éditeur, F. Lestreau jeune, à Saumur,* 1835, 1 vol. in-fol. dor. en tête et ébarbé, papier Montgolfier sur toutes les gravures, demi-rel. avec coins en mar. et fers poussés en or sur le dos. (*Capé.*)

61. Costumes français, civils, militaires et religieux, avec les meubles, les armes, les armures, l'architecture domestique, les ordres de chevalerie, les étendards, les sceaux, les sceptres, les couronnes et les blasons les plus historiques depuis les Gaulois jusqu'en 1834, dessinés d'après les historiens et les monuments par Herbé. Edition de 1840, corrigée et augmentée d'un examen critique et des preuves positives. Cet ouvrage, composé de 106 planches et de 21 notices historiques, contient 2800 costumes, meubles, etc. *Paris*, *Goupil et Ce*, 1 vol. in-4, dor. sur tr. et papier de soie rose Montgolfier sur toutes les gravures, demi-reliure avec coins en maroquin et fers poussés en or sur le dos. (*Tinot.*)

Cet exemplaire a été soigneusement corrigé et retouché au pinceau par l'auteur, ainsi que M. Herbé l'a certifié par écrit sur le titre.

Les costumes du premier plan ont été remontés en couleur afin de ne pas nuire aux costumes du second plan, qui sont tous coloriés avec soin, tandis que, dans les autres exemplaires, ces derniers sont seulement indiqués, ce qui en fait un exemplaire unique. Il y a quelques piqûres.

62. La Revue comique à l'usage des gens sérieux : histoire morale, philosophique, comique, littéraire et artistique, politique de la semaine. Texte par MM. Lireux, Caraguel, Vertot, de la Bédollière, Gérard de Nerval, etc., etc. Dessins par Bertall, Nadard, Fabricius, etc., etc. (1er volume, novembre 1848 à avril 1849 ; 2e volume, de mai 1849 à décembre 1849). *Paris*, *Dumineray*, 2 vol. rel. en un, tr. dor. et papier de soie Montgolfier sur toutes les gravures, demi-rel. avec coins en maroq.

63. La Vie et les Œuvres de Jean-Baptiste Pigalle, sculpteur, par Prosper Tarbé. *Paris, veuve J. Renouard*, 1859, 1 vol. in-8, dor. en tête et ébarbé, demi-rel. avec coins en mar. et fers poussés en or sur le dos. (*Petit.*)

Le texte de cet exemplaire d'amateur est tiré sur grand papier jaune.

POÉSIE.

64. Odes d'Anacréon, avec LIV compositions par Girodet, traduction d'Ambr. Firmin-Didot. *Typographie Firmin-Didot frères, Paris*, 1864, 1 vol. in-12, doré en tête et ébarbé, demi-rel. avec coins en maroq. et fers poussés en or sur le dos. (*David.*)

65. Héro et Léandre, poëme nouveau en trois chants, traduit du grec, sur un manuscrit trouvé à Castro, auquel on a joint des notes historiques. Cette édition est ornée d'un frontispice et de 8 estampes en couleur dessinées et gravées par P.-L. Debucourt. *Paris*, *imprimerie de Pierre Didot l'aîné*, *an IX*, 1801, 1 vol. pet. in-fol. dor. en tête, ébarbé, avec feuilles de papier de soie Mont-

golfier sur toutes les estampes, demi-rel. avec coins en mar. (*Galette.*)

66. Les Métamorphoses d'Ovide en rondeaux, imprimés et enrichis de figures par ordre de Sa Majesté et dédié à monseigneur le Dauphin. *Paris, Imprimerie royale, M.DCLXXVI*, 1 vol. pet. in-4, demi-rel. en veau moderne, et tr. peintes en jaune.

67. Les Métamorphoses d'Ovide, traduction nouvelle avec le texte latin, suivies d'une analyse, de l'explication des fables, de notes géographiques, historiques, mythologiques et critiques, par M. C.-T. Villenave, ornées de gravures d'après les dessins de Lebarbier, Moreau, etc. *Paris, chez les éditeurs, M.DCCCVI*, 4 vol. in-4, dos. sur tr. papier de soie Montgolfier sur toutes les gravures, demi-rel. avec coins en mar.

68. Mélusine, par Jehan d'Arras, nouvelle édition, conforme à celle de 1418, revue et corrigée avec une préface, par M. Ch. Brunet. *Paris, P. Jannet, M.DCCCLIV*, 1 vol. pet. in-8, dor. sur tr. et ciselé, et charnières en maroq. rel. pleine en maroq. rouge, et fers poussés en or sur le dos et sur les plats, gardes en maroq. gros vert avec dentelles et fers poussés en or sur toute la garde. (*A. Despierre.*)

Cet exemplaire est tiré sur peau vélin.

69. Le Giroflier des dames, ensemble le Dit des Sibiles, imprimé par Michel Lenoir et réimprimé et édité par Capé. 1 vol. pet. in-4, dor. s. tr. rel. pleine en mar. la Vallière, avec fers poussés en or sur les plats.

Cette édition n'a pas été mise dans le commerce.

70. Livre d'amour, ou Folatreries du vieux temps. *A Paris, chez Louis Jannet*, 1 vol. in-12, rel. dor. sur

tr. avec papier de soie Montgolfier sur toutes les gravures. Rel. pleine en maroq. gros bleu et fers poussés en or sur le dos et sur les plats.

Les gravures de cet exemplaire sont coloriées avec soin.

71. Les OEvvres poétiques de Vavqvelin des Yveteavx, réunies pour la première fois, annotées et publiées par Prosper Blanchemain. *Paris, Avgvste Avbry*, *M.DCCCLIII*, 1 vol. in-8, doré en tête et ébarbé, demi-rel. avec coins en maroq. et fers poussés en or sur le dos. (*Capé.*)

72. OEuvres de Boileau, édition dédiée au roi. *Paris*, *M.DCCCXIX*, *de l'imprimerie de Pierre Didot l'aîné.* 2 vol. in-fol. tr. peintes, demi-rel. avec coins en mar. et fers poussés en or sur le dos. (*Capé.*)

Cet exemplaire est le 87e tiré, ainsi que le certifie la signature Didot apposée sur l'indication après la préface. Un trou aux titres des premier et deuxième volumes, raccommodé avec un carré de papier pareil à celui de l'édition.

73. Le Lutrin, poëme héroï-comique de Boileau-Despréaux; édition conforme au texte original, ornée de vignettes par Ernest et Frédéric Hillemacher. *Lyon*, *N. Scheuring*, *M.DCCCLXII*, 1 vol. in-4, papier fort, doré en tête et ébarbé avec papier de soie Montgolfier sur toutes les gravures, demi-rel. avec coins en maroquin et fers poussés en or sur le dos. (*Capé.*)

La gravure du commencement et les vignettes au-dessus de chaque chant sont tirées sur papier de Chine avant la lettre. On a ajouté une collection d'eaux-fortes comprenant la première gravure et les vignettes au-dessus de chaque chant, tirées à part sur papier de Chine.

74. FABLES CHOISIES mises en vers par la Fontaine. *A Paris, chez Desaint et Saillant*, *M.DCCLV* (figures d'Oudry), 4 vol. in-fol. dorés en tête et ébarbés, avec feuilles de papier de soie Montgolfier sur toutes les gravures, demi-rel. avec coins en maroquin et fers poussés en or sur le dos. (*Galette.*)

75. Fables de la Fontaine. *A Paris, de l'imprimerie de Didot l'aîné, an X, M.DCCCII,* 1 vol. gr. in-fol. doré sur tranches, avec charnières en mar. rouge, et dentelles en petits fers poussés en or sur les plats et doublé de moire verte antique. (*Capé.*)

Ce volume est dans une enveloppe garnie de peau à l'intérieur et dans un étui par Capé.

76. Contes et nouvelles en vers par Jean de la Fontaine, M.DCCLXXVII. 2 vol. in-8, dorés en tête et ébarbés, avec papier de soie Montgolfier sur toutes les gravures, demi-rel. avec coins en maroquin et fers poussés en or sur le dos. (*Galette.*)

83 gravures.

77. CONTES ET NOUVELLES en vers, par Jean de la Fontaine. *Paris, imprimerie de P. Didot l'aîné, l'an III de la République, MDCCXCV,* 2 vol. in-4, dorés en tête et ébarbés avec papier de soie Montgolfier sur toutes les gravures, demi-rel. avec coins en maroquin et fers poussés en or sur le dos. (*Capé.*)

On a ajouté dans cet exemplaire la collection complète des gravures de Fragonard avant la lettre.

78. Contes et nouvelles en vers par Jean de la Fontaine. *Paris, chez Delafosse, Saint-Aubin et Tilliard, graveurs, l'an III de la République,* 1795, 2 vol. in-4, rel. pleine en mar. rouge, avec fers poussés en or sur le dos et sur les plats, tranches dorées et ciselées. (*Derome.*)

Dans cet exemplaire ont été ajoutées les gravures in-8, contrefaçons des figures de l'édition de 1762.
Elles ont été recollées sur papier in-4, de la grandeur du texte.

79. Œuvres de P.-J. Bernard, ornées de gravures d'après les dessins de Prud'hon, la dernière estampe gravée par lui-même. *Paris, de l'imprimerie de P. Didot l'aîné, M.DCCXCVII an V,* 1 vol. pet. in-fol. doré en tête et ébarbé avec pa-

pier de soie Montgolfier sur toutes les gravures, demi-rel. avec coins en maroquin et fers poussés en or sur le dos. (*Galette.*)

Les gravures de cet exemplaire sont avant la lettre.

80. Les Mois, poëme en douze chants, par M. Boucher. *Paris, imprimerie de Quillau, M.DCCLXXIX*, 2 vol. in-4, ancienne reliure pleine en veau avec les armes poussées en or sur les plats et fers sur le dos.

Tranches peintes en rouge.

81. OEuvres de Gresset, précédées d'une notice sur Gresset, par Charles Nodier. *Paris, Houdaille*, 1839, 1 vol. in-8, doré en tête et ébarbé, avec papier de soie Montgolfier sur toutes les gravures, demi-rel. avec coins en maroquin et fers poussés en or sur le dos. (*Galette.*)

82. L'Enfer de Dante Alighieri avec les dessins de Gustave Doré, traduction française de Pietro Angelo Fiorentino, accompagnée du texte italien. *Paris, librairie Hachette, M.DCCCLXI*, 1 vol. in-fol. ébarbé seulement, cartonné avec titres en or sur le dos et sur les plats.

Les gravures de cet exemplaire sont tirées sur chine avant la lettre.

83. Milton. Le Paradis perdu, traduction de Chateaubriand, précédé de réflexions sur la vie et les écrits de Milton, par Lamartine, et enrichi de 25 estampes originales gravées au burin sur acier. *Paris*, 1855, 1 vol. in-fol. doré en tête et ébarbé avec papier de soie rose Montgolfier sur toutes les gravures, demi-rel. avec coins en maroquin et fers poussés en or sur le dos. (*Capé.*)

Bel exemplaire sur grand format avec gravures sur chine.

84. Götz von Berlichingen, ein Schauspiel von Göthe. *Stuttgard und Tübingen, J.-G. Cotta's Verlag*, 1846, 1 vol. grand in-8, doré sur tranches, demi-rel. avec coins en maroquin.

85. Göthes Frauengestalten von W. von Kaulbach, mit erlaüterndem Text von Adolph Stahr. *München, Friedrich Bruckmann's Verlag,* 1 vol. grand in-fol. doré en tête et ébarbé, demi-rel. janséniste, avec coins en maroquin.

Le texte et les gravures sont sur grand format dont il a été tiré peu d'exemplaires.

THÉATRE.

86. Répertoire général du Théatre-Français, composé des tragédies, comédies et drames des auteurs du premier et du second ordre restés au Théâtre-Français, avec une table générale. *Paris, H. Nicolle, à la librairie stéréotype,* 1818, 67 vol. in-12. — Suite du répertoire. *Paris,* 1822, 81 vol. in-12. — Fin du répertoire. *Paris,* 1824, 45 vol. — Ensemble 193 vol. in-12, demi-rel. avec coins maroq. tr. jasp. dor. n. rog.

Bel exemplaire.

87. Théâtre de Corneille, avec des commentaires et morceaux intéressants. *Genève, M.DCCLXXIV,* 8 vol. in-4, ancienne reliure pleine en veau, tranches jaspées.

88. Théatre de P. Corneille avec les commentaires de Voltaire. *Paris, imprimerie Didot l'aîné, an IV de la République, M.DCCXCV,* 10 vol. in-4, dorés en tête et ébarbés avec papier de soie rose Montgolfier sur toutes les gravures, demi-rel. avec coins en maroquin. (*Galette.*)

On a ajouté dans cet exemplaire la collection des gravures sur chine, publiées par Furne, concernant cet ouvrage.

89. OEuvres de Jean Racine. *Paris, de l'imprimerie de Pierre Didot l'aîné, an IX, M.DCCCI,* 3 vol. in-fol. dorés en tête et ébarbés, papier de soie rose Montgolfier sur toutes les gravures, demi-

reliure avec coins en maroquin et fers poussés en or sur le dos. (*Capé.*)

Les gravures de cet exemplaire sont avant la lettre.

90. La Folle Journée, ou le Mariage de Figaro, comédie en 5 actes et en prose, par M. de Beaumarchais, représentée pour la première fois par les comédiens français ordinaires du roi, le mardi 27 avril 1784. *De l'imprimerie de la Société littéraire typographique, Paris, chez Ruault*, 1785, 1 vol. in-8, doré en tête et ébarbé, demi-rel. à nerfs.

91. Faust, tragédie de M. de Goëthe, traduit en francais par Albert Stapfer, orné d'un portrait de l'auteur et de 17 dessins composés d'après les principales scènes de l'ouvrage, et exécutés sur pierre par Eugène Delacroix. *Paris, chez M. Motte imprimeur*, *M.DCCCXXVIII*, 1 vol. pet. in-fol. doré en tête et ébarbé, papier Montgolfier sur toutes les gravures, demi-rel. avec coins en maroquin et fers poussés en or sur le dos. (*Capé.*)

Les gravures de cet ouvrage sont tirées l'une sur papier de Chine, et les autres sur papier bleu ou rose.

92. Aminta, favola boschereccia di Torquato Tasso. *Parigi, presso Nepveu*, *M.DCCCXIII*, 1 vol. in-12, doré sur tranches, reliure pleine en maroquin rouge avec fers poussés en or sur le dos et fers-dentelles poussés en or sur les plats.

Les gravures de cet exemplaire sont avant la lettre, et les vignettes placées au-dessus de chaque acte sont coloriées avec soin.

93. Galerie des personnages de Shakespeare reproduits dans les principales scènes de ses pièces, avec une analyse succincte de chacune des pièces de Shakespeare, et la reproduction en anglais et en français des scènes auxquelles se rapportent les 80 gravures dont cet ouvrage est orné, par Amédée Pichot, précédée d'une notice biographique de Shakespeare, par Old Nick. *Paris, Baudry*, 1844,

1 vol. pet. in-fol. doré en tête, ébarbé, avec papier de soie Montgolfier sur toutes les gravures, demi-rel. avec coins en maroquin et fers poussés en or sur le dos. (*Capé.*)

Cet exemplaire renferme les gravures sur chine avant la lettre.

ROMANS.

94. ΛΟΓΓΟΥ ΠΟΙΜΕΝΙΚΑ ΤΑ ΚΑΤΑ ΔΑΦΝΙΝ ΚΑΙ ΧΛΟΗΝ. (Texte grec.) *Parisiis, excudebat Petrus Didot natu major, in ædibus palitinis scientiarum et artium, M.DCCCII an XI*, 1 vol. in-fol. doré en tête et ébarbé, papier de soie Montgolfier sur toutes les gravures, demi-rel. avec coins en mar. et fers poussés en or sur le dos. (*Capé.*)

Les gravures de cet exemplaire sont avant la lettre.

95. Les Amours pastorales de Daphnis et Chloé (texte grec). *Paris, de l'imprimerie de Pierre Didot l'aîné, M.DCCCII, an XI*, 1 vol. in-4, doré sur tranches et feuilles de papier de soie Montgolfier sur toutes les gravures, reliure pleine en maroq. rouge, avec fers poussés en or sur le dos et sur les plats. La garde en maroquin vert est ornée d'un riche encadrement poussé en or. (*Poirier.*)

Les gravures de cet exemplaire sont tirées sur chine avant la lettre.

96. Les Amours pastorales de Daphnis et Chloé, traduites du grec de Longus par Amyot. *Paris, de l'imprimerie de P. Didot l'aîné, an VIII, M.DCCC*, 1 vol. pet. in-fol. doré en tête et ébarbé, avec papier de soie Montgolfier sur toutes les gravures, demi-rel. avec coins en maroquin. (*Galette.*)

97. Les Amours pastorales de Daphnis et Chloé, traduit du grec de Longus, par Amyot. *Paris, imprimerie P. Didot l'aîné, an VIII, M.DCCC*, 1 vol. in-4, doré sur tranches, avec papier de soie blanc sur toutes les gravures, rel. pleine en maro-

quin gros bleu avec fers poussés en or sur le dos et sur les plats. (*Bouttigny.*)

98. Les Quinze Joies du mariage, nouvelle édition conforme aux manuscrits de la bibliothèque publique de Rouen, avec les variantes des anciennes éditions, une notice bibliographique et des notes. *Paris, P. Jannet,* 1853, 1 vol. in-12, ébarbé seulement, splendide reliure en maroquin rouge, compartiments mosaïque et petits fers poussés en or sur le dos et sur les plats, doublé en maroquin vert, et charnières en maroquin rouge, étui en maroquin rouge doublé de chamois. (*Capé.*)

Cet exemplaire est imprimé sur PEAU DE VÉLIN.

99. Les Amours de Psyché et de Cupidon, par J. de la Fontaine, édition ornée de figures imprimées en couleur d'après les tableaux de M. Schall. *Paris, chez Defer de Maisonneuve, de l'imprimerie de P. Didot jeune,* 1791, 1 vol. pet. in-fol. doré en tête et ébarbé, demi-rel. avec coins en maroq. (*Galette.*)

100. Les Amours de Psyché et de Cupidon, suivies d'Adonis, poëme, par Jean de la Fontaine; édition ornée de gravures d'après les dessins de Gérard. *Paris, imprimé au Louvre par P. Didot l'aîné, an V, M.DCCXCVII,* 1 vol. pet. in-fol. doré en tête et ébarbé, papier de soie Montgolfier sur toutes les gravures, demi-rel. coins en maroquin et fers poussés en or sur le dos. (*Galette.*)

Les gravures de cet exemplaire sont avant la lettre.

101. Les Contes de Perrault, dessins de Gustave Doré, préface par P.-J. Stahl. *J. Hetzel, éditeur, Paris, M DCCC LXII,* 1 volume in-folio, doré en tête et ébarbé, avec papier Montgolfier sur toutes les gravures, demi-reliure avec coins en maroquin et fers poussés en or sur le dos. (*Capé.*)

Les gravures de cette édition sont tirées sur papier de Chine avant la lettre.

102. Aventures de Télémaque, par François de Salignac de la Mothe-Fénelon ; nouvelle édition enrichie d'une notice abrégée de la vie de l'auteur, de réflexions sur Télémaque, d'une carte nouvelle de ses voyages, des principales variantes tirées des manuscrits et des éditions précédentes, de LXXII estampes gravées, de Ch. Monnet, par J.-B. Tilliard. *Paris, imprimerie J.-M. Eberhart, MDCCCX*, 2 volumes in-4, ébarbés, demi-reliure avec fers poussés en or sur le dos.

103. OEuvres du marquis de Villette. *Londres, MDCCLXXXVI*, 1 volume in-12, doré sur tranches, reliure pleine en maroquin gros bleu, avec fers poussés en or sur le dos. (*Capé.*)

Cet exemplaire est imprimé sur papier de guimauve, et contient à la fin 17 spécimens de papier fait avec des écorces de bois différents.

104. Le Temple de Gnide, suivi d'Arsace et d'Isménie, par Montesquieu. *Paris, de l'imprimerie de Didot l'aîné, an IV de la Rép., MDCCXCVI*, 1 volume in-4, doré en tête et ébarbé, demi-reliure avec coins en maroquin et fers poussés sur le dos. (*Petit.*)

Les gravures de cet exemplaire sont coloriées.

105. Paul et Virginie, par Bernardin de Saint-Pierre. *Paris, imprimerie de P. Didot l'aîné, MDCCCVI*, 1 volume in-4, doré en tête et ébarbé, avec papier de soie Montgolfier sur toutes les gravures, demi-reliure avec coins en maroquin et fers poussés en or sur le dos. (*Capé.*)

Les gravures de cet exemplaire sont avant la lettre.

106. Paul et Virginie, par J.-H. Bernardin de Saint-Pierre, suivi de la Chaumière indienne, par le même. *Paris, L. Curmer*, 1838, 1 volume in-8, doublé en moire antique blanche, avec papier de soie Montgolfier sur toutes les gravures, reliure

pleine en velours brodé d'or sur le dos et sur les plats, tranches dorées et ciselées.

Les gravures de cet exemplaire sont tirées sur chine avant la lettre, et la reliure a été brodée exprès pour le volume par les nègres de Constantine.

Cet exemplaire contient en outre les gravures sur chine avant la lettre par Tony Johannot qui ont été publiées par Furne.

107. Atala, par M. de Chateaubriand, avec les dessins de Gustave Doré. *Paris, imprimerie de Charles Lahure, librairie Hachette et Comp., MDCCCLXIII*, 1 volume in-folio, ébarbé, cartonné, avec le titre poussé en or sur le dos et sur les plats.

Les gravures de cet exemplaire sont sur chine avant la lettre.

108. Les Hermites. Observations sur les mœurs françaises au commencement du XIXe siècle. *Paris, Pillet aîné, imprimeur-libraire.* Détail des divers ouvrages : L'Hermite de la Chaussée d'Antin, par M. de Jouy, 5 volumes. — Guillaume le franc-parleur, par le même, 2 volumes. — L'Hermite de la Guyane, 3 volumes. — L'Hermite en province, 14 volumes. — Morale appliquée à la politique, 2 volumes. — L'Hermite du faubourg Saint-Germain, par M. Colnet, faisant suite à la collection de M. de Jouy, 2 volumes. — Le Bonhomme, par M. de Rougemont, 1 volume. — Les Hermites en prison, par E. Jouy, 2 volumes. — Les Hermites en liberté, par E. Jouy, MDCCCXXIV, 3 volumes. — Nouveaux Tableaux de Paris, 2 volumes. — Le Frondeur, 1 volume. — L'Ecrivain public, par M. Sophie P., 4 volumes. — Essais sur les félicités humaines, ou Dictionnaire du bonheur, par M. Périer-Caudeille, 2 volumes. — Les Richesses du pauvre et les Misères du riche, par M. Sophie P., 1 volume. — L'Hermite à Londres, par M. de Jouy, 1820, 3 volumes. — L'Hermite en Ecosse, par M. de Jouy, 2 volumes. — L'Hermite en Irlande, par M. de Jouy, 2 volumes. — L'Hermite en Italie, par M. de Jouy, 4 volumes. — L'Hermite en Espagne, par M. de Jouy, 2 vo-

lumes. — L'Hermite en Russie, par E. Dupré de Saint-Maur, 6 volumes. — L'Hermite d'Epidaure, par E. Dupré de Saint-Maur, 2 volumes. — L'Hermite en Suisse, par E. Dupré de Saint-Maur, 3 volumes. — Ensemble 68 volumes in-12, dorés sur tranches, demi-reliure avec coins en maroquin et fers poussés en or sur le dos.

109. Heures d'amour, par Hippolyte Lucas, troisième édition, *Paris*, 1857, 1 volume in-12, doré en tête et ébarbé, demi-reliure avec coins en maroquin et fers poussés sur le dos. (*Galette.*)

Cet exemplaire est imprimé sur papier rose.

110. Graziella, par A. de Lamartine, avec les dessins d'Alfred de Curzon. *Paris, Hachette et Cie*, *M DCCC LXIII*, 1 volume in-4, ébarbé seulement et cartonné avec titres poussés en or sur le dos et sur les plats.

Les gravures de cet exemplaire sont tirées sur chine avant la lettre.

111. L'Ingénieux Hidalgo Don Quichotte de la Manche, par Miguel de Cervantès Saavedra, traduction de Louis Viardot, avec les dessins de Gustave Doré gravés par H. Pisan. *Paris, librairie Hachette, M DCCC LXIII*, 2 volumes in-folio, ébarbés seulement et cartonnés avec titre en or sur le dos et sur les plats.

Les gravures de cet exemplaire sont tirées sur chine.

112. Œuvres de Salomon Gessner. Idylles, etc. *Paris, chez l'auteur des estampes, veuve Hérisson et Barrois l'aîné*, 3 volumes in-4, dorés en tête et ébarbés, demi-reliure avec coins en maroquin et fers poussés sur le dos. (*Petit.*)

113. La Mort d'Abel, poëme de Gessner, traduit par Hubert, édition ornée d'estampes en couleur, d'après les dessins de M. Monsiaux, peintre de l'Académie. *Paris, chez Defer de Maisonneuve*, 1793, 1 volume petit in-folio, doré en tête et

ébarbé, demi-reliure avec coins en maroquin. (*Galette.*)

114. Aventures du baron de Münchhausen, traduction nouvelle par Théophile Gautier fils, illustrée par Gustave Doré. *Paris*, *Furne*, 1 volume petit in-folio, ébarbé, avec fers spéciaux poussés sur le dos et sur les plats.

HISTOIRE.

VOYAGES.

115. VOYAGE AU POLE SUD ET DANS L'OCÉANIE sur les corvettes l'Astrolabe et la Zélée sous le commandement de J. Dumont d'Urville, publié par ordre du gouvernement. *Edité par Gide* : Deuxième Voyage autour du monde, de Dumont d'Urville, *Paris*, 1846, *Théodore Morgand*. — Relation historique du voyage, 10 volumes. — Physique, Observations météorologiques faites à bord de l'Astrolabe, par MM. Vincendon-Dumoulin et Coupvent-Desbois, 1 volume. — Géologie, minéralogie et géographie physique du voyage, par M. J. Grange, 2 volumes. — Anthropologie, par MM. Dumoutier et Blanchard, 1 volume. — Zoologie, par MM. Hombron, Jacquinot, Blanchard, Pucheran et Rousseau, 5 volumes reliés en 4 volumes. — Botanique, par M. Montagne, 2 volumes reliés en un. — Hydrographie, par M. Vincendon-Dumoulin, 2 volumes. En tout 23 volumes reliés en 21, dorés en tête et légèrement ébarbés, demi-reliure à nerfs avec coins en maroquin. Six atlas grand in-folio accompagnent ce texte. Ces atlas

sont publiés sous la direction supérieure de M. Jacquinot, capitaine de vaisseau, commandant la Zélée. — Atlas pittoresque ; les gravures et lithographies sont tirées sur chine, 2 volumes. — Anthropologie et géologie ; les gravures et lithographies sont tirées sur chine, 1 volume. — Zoologie, mammifères et oiseaux ; les gravures sont toutes coloriées avec soin, 1 volume. — Zoologie, reptiles, poissons, insectes, crustacés, mollusques et zoophytes ; les gravures sont toutes coloriées avec soin, 1 volume. — Botanique, cryptogames et phanérogames (les cryptogames sont coloriées avec soin), 1 volume. — En tout 6 atlas grand in-folio, dorés en tête et légèrement ébarbés. Ensemble 29 tomes reliés en 27 volumes in-8 ou in-folio, demi-reliure à nerfs avec coins en maroquin. (*Reliure uniforme.*)

116. VOYAGES PITTORESQUES et romantiques dans l'ancienne France, par J. Taylor, membre de l'Institut : Champagne. *A Paris, de l'imprimerie de Firmin Didot frères, M DCCC LVII,* 2 volumes in-folio, dorés sur tranches et papier Montgolfier sur toutes les gravures, reliure pleine en maroquin rouge ; les gravures sont sur chine, et les gardes sont en moire verte et fers poussés en or sur le dos. (*Capé.*)

117. NICE ET SAVOIE, sites pittoresques, monuments, descriptions et histoire des départements de la Savoie, de la Haute-Savoie et des Alpes-Maritimes. Dessins d'après nature par Félix Benoît, lithographiés à plusieurs teintes (genre aquarelle) par les premiers artistes de Paris, texte par Joseph Dessain et par Xavier Eyma, précédé d'une introduction par A. de Jussieu, publié par Charpentier, imprimeur. *Paris, M DCCC LXIV,* 3 volumes in-folio reliés en un, dorés en tête et ébarbés, papier Montgolfier sur toutes les gravures, demi-reliure

avec coins en maroquin et fers poussés en or sur le dos. (*Capé.*)

118. VOYAGE PITTORESQUE DE GRÈCE, par M. C.-F.-A. comte de Choiseul-Gouffier, ancien ambassadeur de France à Constantinople, *MDCCLXXXII*, 2 volumes in-folio dorés en tête, ébarbés seulement, papier de soie rose Montgolfier sur toutes les gravures, demi-reliure avec coins en maroquin et fers poussés en or sur le dos. (*Galette.*)

Cet exemplaire est du premier tirage, comme l'on peut s'en assurer d'après *Brunet*. Le discours préliminaire, qui se trouve au commencement du premier volume, finit à la quatrième ligne de la seizième page par ces mots : *Exoriare aliquis.*

119. VOYAGE A ATHÈNES et Constantinople, ou collection de portraits, de vues et de costumes grecs et ottomans peints sur les lieux, d'après nature, lithographiés et coloriés par L. Dupré, élève de David, accompagné d'un texte orné de vignettes. *Paris, imprimerie de Dondey-Dupré, MDCCCXXV*, 1 volume in-folio, doré en tête et légèrement ébarbé, papier de soie rose Montgolfier sur toutes les gravures, demi-reliure avec coins en maroquin et fers poussés en or sur le dos. (*Capé.*)

120. VOYAGE PITTORESQUE de l'Istrie et de la Dalmatie, rédigé d'après l'itinéraire de L.-F. Cassas, par Joseph Lavallée ; ouvrage orné d'estampes, cartes et plans dessinés et levés sur les lieux par Cassas, peintre et architecte, gravés par les meilleurs artistes en ce genre, sous la direction de Mée, graveur. *Paris, an X, MDCCCII*, 1 volume in-folio, doré en tête et ébarbé, papier de soie Montgolfier sur toutes les gravures, demi-reliure avec coins en maroquin et fers poussés en or sur le dos. (*Galette.*)

121. VOYAGE PITTORESQUE de Constantinople et des rives du Bosphore, d'après les dessins de M. Melling, publiés par MM. Treuttel et Wurtz. *Paris, chez les éditeurs, de l'imprimerie de P. Didot l'aîné,*

imprimeur du roi, *M DCCC XIX*, 1 volume grand in-folio, doré en tête et ébarbé, papier de soie rose Montgolfier sur toutes les gravures, demi-reliure avec coins en maroquin et fers sur le dos. (*Capé.*)

Les gravures de ce magnifique exemplaire sont avant la lettre.

122. Recollections of India, drawn on stone by J. D. Harding, from the original drawings by the honourable Charles Stewart Harding; part I : British India and the Punjab; part II : Kashmir and the alpine Punjab. *London*, *Thomas M. Lean*, 1847, 1 volume grand in-folio, doré en tête, ébarbé, papier de soie rose Montgolfier sur toutes les gravures, demi-reliure, avec coins en maroquin et fers poussés en or sur le dos. (*Capé.*)

123. Algérie historique, pittoresque et monumentale, ou recueil de vues, costumes et portraits faits d'après nature dans les provinces d'Alger, Bone, Constantine et Oran, avec texte descriptif des localités, mœurs, usages, jeux et divertissements des habitants de l'Algérie, par M. Berbrugger, lithographiés par Boni, Genet-Bayot, Courtin et Collignon. *Paris*, 1843, *chez J. Delahaye*, 4 volumes in-folio, reliés en 3, dorés en tête et ébarbés, feuillets de papier de soie rose Montgolfier sur toutes les gravures, demi-reliure avec coins en maroquin et fers poussés en or sur le dos. (*Capé.*)

124. La France au temps des croisades, ou Recherches sur les mœurs et coutumes des Français aux XIIe et XIIIe siècles, par M. le vicomte de Vaublanc. *Paris*, *Techener*, 1844, 4 volumes in-8, dorés en tête et ébarbés, demi-reliure en maroquin.

125. Médailles sur les principaux événements du règne de Louis le Grand, avec des explications historiques. *Paris*, *de l'Impr. royale*, *MDCCXXIII*, 1 volume in-folio, doré sur tranches, reliure pleine ancienne en veau, avec armes en or sur le dos, initiales et fleurs sur le dos.

126. Histoire-musée de la République française depuis l'assemblée des notables jusqu'à l'empire, par Augustin Challamel, avec les estampes, médailles, caricatures, portraits historiés et autographes les plus remarquables du temps. *Paris, Challamel, M.DCCCXLII,* 2 volumes in-8, dorés sur tranches, et papier de soie Montgolfier sur toutes les gravures, demi-reliure avec coins en maroquin et fers poussés en or sur le dos.

127. Benjamin Gastineau. Les Amours de Mirabeau et de Sophie de Mounier, suivi des Lettres choisies de Mirabeau à Sophie, de Lettres inédites de Sophie et du Testament de Mirabeau, dessinés et gravés d'après les portraits authentiques du temps. *Paris, chez tous les libraires*, 1865, 1 volume in-8, doré en tête et ébarbé, demi-reliure avec coins en maroquin et fers poussés en or sur le dos. (*Tinot.*)

128. Charlotte Corday et madame Roland. Tableaux dramatiques, par madame Louise Collet. *Paris, typographie Lacrampe et Ce, M.DCCCXLII*, un volume petit in-folio, doré en tête et ébarbé, demi-reliure avec coins en maroquin et fers poussés en or sur le dos. (*Galette.*)

129. Histoire populaire de Napoléon, avec la relation de l'inhumation qui a eu lieu aux Invalides, par M. Chauvet, ornée d'un beau portrait de l'empereur, gravé sur acier. *Reims, Quentin Dally*, 1848, 1 volume in-8, doré en tête et ébarbé, demi-reliure en vert avec coins en maroquin et les abeilles poussées en or sur le dos. (*Galette.*)

Cet exemplaire est panaché, c'est-à-dire que chaque cahier est imprimé sur papier de couleur.

Le premier cahier de texte est imprimé sur papier rouge, le deuxième sur blanc, le troisième sur bleu, le quatrième sur rouge, et ainsi de suite en alternant.

Le portrait de l'empereur a été ajouté trois fois : un sur papier rouge, un sur papier blanc et un sur papier bleu.

Ce qui constitue un exemplaire unique.

130. Sainte-Hélène. Translation du cercueil de l'empereur Napoléon à bord de la frégate la Belle-Poule. Histoire et vues pittoresques de tous les sites de l'île se rattachant au mémorial de Sainte-Hélène et à l'expédition de S. A. R. le prince de Joinville, par M. Henri Durand-Brager, peintre de marine. *Paris*, *Gide*, 1844, 1 volume in-folio, doré en tête, légèrement ébarbé et papier de soie Montgolfier sur toutes les gravures, demi-reliure avec coins en maroquin et fers poussés en or sur le dos. (*Capé.*)

131. Souvenirs numismatiques de la Révolution de 1848. Recueil complet des médailles, monnaies et jetons qui ont paru en France depuis le 22 février jusqu'au 20 décembre 1848. *Paris, chez J. Rousseau*, 1 volume petit in-folio doré en tête et ébarbé avec papier de soie Montgolfier sur toutes les gravures, demi-reliure avec coins en maroquin et fers poussés en or sur le dos. (*Galette.*)

Les gravures de cet exemplaire sont tirées sur chine avant la lettre.

132. Les Idées napoléoniennes en 1839 et la politique impériale en 1856, par le baron G. de Clamecy, avocat. *Paris* 1856, *H. Plon*, 1 volume in-8, doré sur tranches, reliure pleine en maroquin gros bleu, doublé de moire blanche antique et fers poussés en or sur le dos et sur les plats.

133. Paris historique. Promenade dans les rues de Paris, par MM. Charles Nodier, Auguste Régnier et Champin, orné de 200 vues lithographiées, avec un Résumé de l'histoire de Paris, par P. Christian. *Paris*, 1838, *G. Levrault, libraire*, 3 volumes in-8, dorés sur tranches et papier de soie Montgolfier sur toutes les gravures, demi-reliure avec coins en maroquin et fers poussés en or sur le dos.

134. Galeries historiques du palais de Versailles. *Paris, Imprimerie royale*, *M.DCCCXXXIX*, 9 vo-

lumes in-8, reliés en 10, le 6e volume ayant été relié en 2 parties; doré en tête et ébarbé, demi-reliure avec coins en maroquin et fers poussés en or sur le dos, accompagnés d'un album de gravures. *Paris,* 1853, in-4, doré en tête et ébarbé, avec papier de soie Montgolfier sur toutes les gravures, demi-reliure avec coins en maroquin, monté sur onglet et fers poussés en or sur le dos.

135. Auguste Nicaise. Châlons-sur-Marne et ses environs. *Paris, Aug. Aubry,* 1 volume petit in-8, tranches peintes en rouge, reliure pleine en veau fauve avec fers poussés en or sur le dos et sur les plats. (*Tinot.*)

136. LA TOURAINE, histoire et monuments, publié sous la direction de M. l'abbé J.-J. Bourassé. *Tours, Mame et Ce, M.DCCCLV,* 1 volume in-folio avec tranches ciselées, charnières en maroquin blanc et papier de soie Montgolfier sur toutes les gravures. Splendide reliure pleine en maroquin blanc, avec fers poussés en or, semis de François Ier alternant avec fleur de lis, salamandres aux quatre coins et château-fort au milieu; compartiments en mosaïques sur le dos et sur les plats, représentant les armes des principales villes de la Touraine, doublé de moire verte antique, avec gardes en maroquin vert sur lequel sont poussés en or des petits fers qui garnissent entièrement la garde. (*Capé.*)

Cet exemplaire est sur papier lilas dont il a été tiré un très-petit nombre d'exemplaires. Le volume, dans une enveloppe doublée en peau, est renfermé dans un étui fait par *Capé.*

BIOGRAPHIE. — NOBLESSE. — BIBLIOGRAPHIE.

137. Les Contemporains, par Eugène de Mirecourt. *Paris, Gustave Havard,* 1855 à 1858, 50 volumes reliés en 25, dorés en tête et ébarbés, demi-reliure

avec coins en maroquin et fers poussés en or sur le dos. (*Tinot.*)

138. Archives nobiliaires universelles, bulletin du collége archéologique et héraldique de France, publié sous la direction de M. du Magny. *Paris, chez l'auteur*, 1843, 1 volume petit in-folio doré en tête et ébarbé, demi-reliure avec coins en maroquin et fers poussés en or sur le dos. (*Galette.*)

Les gravures de cet exemplaire sont coloriées avec soin.

139. Le Livre d'Or de la noblesse européenne publié en 4 volumes par M. le marquis de Magny. *Paris*, 1856, *A. Aubry*, 4 volumes in-4, dorés en tête et ébarbés, figures coloriées avec soin, demi-reliure avec coins en maroquin et fers poussés en or sur le dos. (*Galette.*)

140. Armorial de France, recueil complet des armes, des villes et provinces du territoire français, réuni pour la première fois, dessiné et gravé par H. Traversier, avec des notices descriptives et historiques, par Léon Vaisse, un des rédacteurs du Dictionnaire encyclopédique de l'histoire de France. *Paris, chez Challamel*, 1842, les 4 séries réunies en un volume in-4, tranches dorées et ciselées avec papier de soie Montgolfier sur toutes les gravures. Ce volume est relié avec une botte russe richement brodée en fils d'or sur maroquin rouge.

141. Les Statuts de l'ordre du Saint-Esprit au droit désir ou du nœud, institué à Naples en 1352, par Louis d'Anjou, premier du nom, roi de Jérusalem, de Naples et de Sicile. Avec une notice sur la peinture des miniatures et la description du manuscrit, par le comte Horace de Viel-Castel. *Paris, Engelmann et Graff, M.DCCCLIII*, 1 volume grand in-folio, doré en tête et légèrement ébarbé, avec papier de soie Montgolfier sur toutes les chromolithographies, demi-reliure avec coins

en maroquin et fers poussés en or sur le dos. (*Capé.*)

Très-bel exemplaire d'amateur.
Il n'a été tiré qu'un très-petit nombre d'exemplaires sur grand papier.

142. Histoire de la Bibliophilie, reliures, recherches sur les bibliothèques des plus célèbres amateurs. Armorial des bibliophiles, publié par J. Techener père et Léon Techener fils, avec le concours d'une société de bibliophiles et accompagné de planches dessinées et gravées à l'eau-forte par M. Jules Jacquemart. Les 10 premières livraisons, grand in-fol. (47 planches.)

143. Manuel du libraire et de l'amateur des livres, par Jacques-Charles Brunet, quatrième édition originale, entièrement revue par l'auteur. *Paris, chez Sylvestre,* 1842, 5 volumes in-8, dorés en tête et ébarbés, demi-reliure avec coins en maroquin et fers poussés en or sur le dos. (*Tinot.*)

144. Nouveau Dictionnaire des ouvrages anonymes et pseudonymes, la plupart contemporains, avec les noms des auteurs ou éditeurs, accompagné de notes historiques et critiques, par E. de Manne. Nouvelle édition, revue et corrigée et très-augmentée, pouvant servir de supplément à tous les manuels de bibliographie jusqu'à ce jour. *Lyon, Scheuring, libraire,* 1862, 1 volume in-8, doré en tête et ébarbé, demi-reliure avec coins en maroquin et fers dorés sur le dos.

145. Bibliographie des ouvrages relatifs à l'amour, aux femmes, au mariage, contenant les titres détaillés de ces ouvrages, les noms des auteurs, un aperçu de leur sujet, leur valeur et leur prix dans les ventes, etc., par M. le C. de J***. *Paris, chez J. Gay*, 1864, 1 volume in-8, doré en tête et ébarbé, demi-reliure avec coins en maroquin. (*David.*)

146. Le Livre du boudoir de la reine Marie-Antoinette, catalogue authentique et original publié pour la première fois avec préface et notes par Louis Lacour. *Paris*, *Gay*, *imprimerie Jouaust*, 1 volume in-12, doré en tête et ébarbé, demi-reliure avec coins en maroquin. (*Petit.*)

Cet exemplaire est imprimé sur papier de Chine, et porte le nº 11 sur 15 qui ont été tirés.

SECONDE PARTIE.

OUVRAGES ILLUSTRÉS DEPUIS 1835

EN RELIURE PLEINE EN MAROQUIN DU LEVANT
AVEC FERS SPÉCIAUX,
PAR CAPÉ, DAVID, GALETTE, GINAIN, GRUEL, MASSON ET DEBONNELLE, PETIT, ETC.

147. Abailard et Héloïse, essai historique, par M. et Mme Guizot, suivi des lettres d'Abailard et d'Héloïse, traduites par M. Oddoul. *Paris, Didier*, 1853, 1 volume grand in-8, doré sur tranches, avec charnières en maroquin et papier rose sur les gravures, reliure pleine en maroquin gros bleu avec fers poussés en or sur le dos et fers spéciaux sur les plats.

Les gravures de cet exemplaire sont tirées sur papier de Chine.

148. Afrique française (l'), l'empire du Maroc et le désert de Sahara, conquêtes, victoires et découvertes des Français depuis la prise d'Alger jusqu'à nos jours, par Christian, vignettes par Philippoteaux, Johannot et Bellanger, etc., etc. *Paris, J. Barbier*, 1 volume grand in-8, doré sur tranches, avec charnières en maroquin et papier Montgolfier sur les gravures, reliure pleine en maroquin violet et fers spéciaux poussés en or sur le dos et sur les plats.

Les costumes sont coloriés.

149. Album, ou Collection complète et historique des costumes de la cour de Rome, des ordres monastiques, religieux et militaires, et des congrégations séculières des deux sexes, contenant 80 figures

dessinées et coloriées d'après nature, par G. Perugini, et accompagnées d'un texte explicatif du P. Hélyot. *Paris, E. Camerlinck*, 1862, 1 volume in-4, doré sur tranches, avec charnières en maroquin et papier de soie rose Montgolfier sur toutes les gravures, reliure pleine en maroquin rouge, avec fers spéciaux poussés en or sur le dos et sur les plats.

150. Algérie (l') ancienne et moderne depuis les premiers établissements carthaginois jusqu'à la prise de la Smalah d'Abd-el-Kader, par M. Léon Galibert, vignettes par Raffé et Rouargue. *Paris, Furne*, 1844, 1 volume grand in-8, doré sur tranches avec charnières en maroquin et papier Montgolfier sur les gravures, reliure pleine en maroquin la Vallière et fers spéciaux poussés en or sur le dos et sur les plats.

Les costumes militaires sont coloriés avec soin.

151. Ane mort (l'), par Jules Janin, édition illustrée par Tony Johannot. *Paris, Ernest Bourdin*, 1842, 1 volume grand in-8, doré sur tranches, avec charnières en maroquin et papier Montgolfier sur les gravures, reliure pleine en maroquin la Vallière et fers spéciaux poussés en or sur le dos et sur les plats.

Les gravures de cet exemplaire sont tirées sur papier de Chine avant la lettre.

152. Animaux historiques (les), par Fournier, suivis des Lettres sur l'intelligence des animaux, de Leroy, et de particularités curieuses extraites de Buffon, illustrées de vignettes intercalées dans le texte et de 20 gravures hors texte par Victor Adam. *Paris, Garnier frères*, 1 volume grand in-8, doré sur tranches, avec charnières en maroquin, papier rose sur les gravures, reliure pleine en maroquin rouge et fers poussés en or sur le dos et sur les plats.

153. Angleterre, Écosse et Irlande, voyage pittoresque, par Louis Enault, illustré de gravures-types par Gavarni. *Paris*, *Morizot*, 1859, 1 volume grand in-8, doré sur tranches avec charnières en maroquin et papier Montgolfier sur les gravures, reliure pleine en maroquin vert et fers spéciaux poussés en or sur le dos et sur les plats.

Les costumes de cet exemplaire sont coloriés avec soin.

154. Arioste. Roland furieux, traduction nouvelle en prose par Philippon de la Madeleine, édition illustrée de 300 vignettes et de 25 magnifiques planches tirées à part sur chine par Johannot, Baron, Français et G. Nanteuil. *Paris*, *J. Mallet*, 1844, 1 volume grand in-8, doré sur tranches, avec charnières en maroquin et papier Montgolfier sur les gravures, reliure pleine en maroquin la Vallière et fers poussés en or sur le dos et fers spéciaux sur les plats.

155. Arioste. Roland furieux (même ouvrage que ci-dessus), 1 volume grand in-8, doré sur tranches, avec charnières en maroquin et papier Montgolfier sur les gravures, reliure pleine en maroquin vert russe et fers spéciaux poussés en or sur les plats.

156. Arithmétique (l') du Grand-Papa. Histoire de deux petits marchands de pommes, par Jean Macé. *Paris*, *Hetzel*, 1 volume grand in-8, doré sur tranches, avec charnières en maroquin et papier rose sur les gravures, reliure pleine en maroquin gros bleu et fers spéciaux poussés en or sur le dos et sur les plats.

157. Armorial universel, précédé d'un texte complet de la science du blason et suivi d'un supplément, par M. Jouffroy d'Eschavannes. *Paris*, *L. Curmer*, *M.DCCCXLIV*, 1 volume grand in-8, maroquin gros bleu, avec charnières en maroquin et papier de soie blanc sur les gravures, reliure

pleine en maroquin gros bleu, avec fers spéciaux poussés en or, et mosaïque sur le dos et sur les plats.

Les gravures de cet exemplaire sont coloriées avec beaucoup de soin et rehaussées d'or et d'argent.

158. Artisans (les) illustres, par Édouard Foucaud, sous la direction de MM. Baron et Cupin. *Paris, Béthune et Plon*, 1841, 1 volume grand in-8, doré sur tranches, avec charnières en maroquin pensée et fers poussés en or sur le dos et sur les plats.

159. Assemblée (l') nationale comique, par Auguste Lireux, illustrée par Cham. *Paris*, *Michel Lévy frères*, 1850, 1 volume grand in-8, doré sur tranches, avec charnières en maroquin et papier de soie rose sur les gravures.

Reliure pleine en maroquin rouge avec fers spéciaux poussés en or sur le dos et sur les plats.

160. Autrefois, ou le Bon vieux Temps, types français du XVIIIe siècle; texte par MM. Audebrand, Roger de Beauvoir, etc., vignettes par Johannot, Fragonard et Gavarni. *Paris, Challamel*, 1 volume grand in-8, doré sur tranches, avec maroquin et papier Montgolfier sur les gravures, reliure pleine en maroquin vert et fers poussés en or sur le dos et fers spéciaux sur les plats.

Les gravures de cet exemplaire sont coloriées avec soin.

161. Aventures (les) de Télémaque, suivies des Aventures d'Aristonoüs et précédées d'un Essai historique et critique sur Fénelon et ses ouvrages par V. Philipon de la Madeleine. *Paris, J. Mallet*, 1840, 1 volume grand in-8, doré sur tranches, avec charnières en maroquin et papier rose sur les gravures, reliure pleine en maroquin vert et fers poussés en or sur le dos et fers spéciaux sur les plats.

Les gravures de cet exemplaire sont tirées sur chine avant la lettre.

162. Aventures (les) de Télémaque, suivies des Aventures d'Aristonoüs, par Fénelon et précédées d'une notice biographique et littéraire par Villemain. *Paris, Belin-Leprieur, M.DCCCXLIV*, 1 volume grand in-8, doré sur tranches, avec charnières en maroquin et papier rose sur les gravures, reliure pleine en maroquin gros vert et fers spéciaux poussés en or sur le dos et sur les plats.

163. —— (les) du chevalier de Faublas, par Louvet de Couvray, illustrée de 300 dessins par MM. Baron, Français et Nanteuil, précédées d'une notice sur l'auteur par Philippon de la Madeleine. *Paris, Mallet, M.DCCCXLII*, 2 volumes grand in-8, dorés sur tranches, avec charnières en maroquin et papier de soie rose sur les gravures, reliure pleine en maroquin rouge et fers spéciaux poussés en or sur les plats.

Il a été ajouté dans cet exemplaire les 8 gravures sur chine, dessinées par Collin. Édition Ambroise Tardieu.

164. —— (les) du chevalier Jauffre et de la belle Brunissende, traduites par Mary-Lafon, illustrées de 20 belles gravures dessinées par G. Doré. *Paris, librairie nouvelle*, 1856, 1 volume grand in-8, doré sur tranches, avec charnières en maroquin et papier Montgolfier sur les gravures, reliure pleine en maroquin rouge avec fers spéciaux poussés en or sur le dos et sur les plats.

165. —— (les) de Robinson Crusoë, par Daniel de Foë, illustrées de 26 grandes lithographies très-soignées par Coppin. *Paris, Janet*, 1 volume grand in-8, doré sur tranches avec charnières en maroquin rouge et fers spéciaux poussés en or sur le dos et sur les plats.

166. —— (les) de Robinson Crusoë, par Daniel de Foë, illustrées par Granville. *Paris, Fournier, M.DCCCXL*, 1 volume in-8, doré sur tranches, avec charnières en maroquin et papier de soie sur les gravu-

res, reliure pleine en maroquin rouge et fers spéciaux poussés en or sur le dos et sur les plats.

167. Aventures (les) de Robinson Crusoë, par Daniel de Foë, suivies d'une notice sur Selkirk et les Caraïbes par Ferdinand Denis, illustrations par Gavarni. *Paris, Morizot*, 1 volume grand in-8, doré sur tranches, avec charnières en maroquin et papier Montgolfier sur les gravures, reliure pleine en maroquin gros vert et fers spéciaux poussés en or sur le dos et sur les plats

168. —— du Robinson suisse, traduit de l'allemand de Wyss par Mme Elise Voïart, précédé d'une introduction de M. Ch. Nodier, orné de 200 vignettes d'après les dessins de Ch. Lemercier. *Paris, Garnier*, 1 volume grand in-8, doré sur tranches, avec charnières en maroquin et papier Montgolfier sur les gravures, reliure pleine en maroquin pensée et fers spéciaux poussés en or sur le dos et sur les plats.

169. —— du Nouveau Robinson suisse, traduction nouvelle par E. Muller; revu, corrigé et mis au courant de la science par Stahl, vignettes par Yan d'Argent, gravures par Joliet. *Paris, Hetzel*, 1 volume grand in-8, doré sur tranches, avec charnières en maroquin et papier Montgolfier sur les gravures, reliure pleine en maroquin gros bleu et fers spéciaux poussés en or sur le dos et sur les plats.

170. —— d'un petit-fils de Robinson, par Philibert Audebrand, illustrations de Fath et Froman. *Paris, Th. Lefèvre*, 1 volume in-8, doré sur tranches, avec charnières en maroquin et papier Montgolfier sur les gravures, reliure pleine en maroquin et fers spéciaux poussés en or sur le dos et sur les plats.

171. —— les plus curieuses des voyageurs, coup d'œil autour du monde d'après les relations an-

ciennes et modernes et documents recueillis sur les lieux, par Houbron. *Paris*, *Belin-Leprieur*, 2 volumes grand in-8, dorés sur tranches, avec charnières en maroquin et papier rose sur les gravures, reliure pleine en maroquin lilas et fers spéciaux poussés en or sur le dos et sur les plats.

172. Aventures (les) surprenantes de trois vieux marins, histoire qui n'est jamais arrivée, par James Greenword, traduite par Simon, illustrée par E. Griset. *Paris*, *J. Hetzel*, 1 volume in-4, doré sur tranches, avec charnières en maroquin, reliure pleine en maroquin gros vert, avec les fers spéciaux poussés en or sur le dos et sur les plats.

173. Balzac illustré. La Peau de chagrin, études sociales. *Paris*, *H. Delloye et V. Lecou*, 1838, 1 volume grand in-8, doré sur tranches, avec charnières en maroquin, reliure pleine en maroquin la Vallière et fers spéciaux poussés en or sur les plats.

Les deux gravures de cet exemplaire sont tirées sur papier porcelaine.

174. Beautés de l'Histoire sainte (Ancien Testament), collection de vignettes représentant les scènes les plus remarquables de l'histoire du peuple de Dieu, gravées par les meilleurs artistes d'après les tableaux originaux de F. Barrias, Boulanger, etc., etc., avec un texte explicatif tiré des livres saints. *Paris*, *Garnier*, 1 volume grand in-8, doré sur tranches, avec charnières en maroquin et papier Montgolfier sur les gravures, reliure pleine en maroquin pensée et fers spéciaux poussés en or sur le dos et sur les plats.

175. Beautés (les) de l'Opéra, ou Chefs-d'œuvre lyriques illustrés par les premiers artistes de Paris et de Londres, sous la direction de Giraldon, avec un texte explicatif rédigé par Théophile Gautier, Jules Janin et Philarète Chasles. *Paris*, *Soulée*, 1845, 1 volume petit in-4, doré sur tranches,

avec charnières en maroquin et papier Montgolfier sur les gravures, reliure pleine en maroquin rouge et fers spéciaux poussés en or sur le dos et sur les plats.

176. Beautés du Christianisme, illustrées de vignettes gravées sur acier par nos meilleurs artistes, d'après les tableaux originaux de Barrias, Duveau, Boulanger, Gambart, Massard, texte par M. l'abbé E. Beuf. *Paris, V. Lecou*, 1854, 1 volume grand in-8, doré sur tranches, avec charnières en maroquin, papier Montgolfier sur les gravures, reliure pleine en maroquin vert et fers spéciaux poussés en or sur le dos et sur les plats.

177. Bébés (les). Texte par le comte de Gramont, vignettes par Oscar Plitsch. *J. Hetzel, Paris*, 1 volume grand in-8, doré sur tranches, avec charnières en maroquin, reliure pleine en maroquin violet et fers spéciaux poussés en or sur le dos et sur les plats.

178. Belgique (la) historique et pittoresque, par MM. F. Rogaerts, F. Carron, E. Robin et F. Stœppaerts, etc., ouvrage suivi d'un coup d'œil sur l'état actuel des arts, des sciences et de la littérature en Belgique, par A. Baron. *Bruxelles, Alexandre Jamar*, 2 volumes grand in-8, dorés sur tranches, avec charnières en maroquin et papier de soie rose sur les gravures, reliure pleine en maroquin rouge et fers spéciaux poussés en or sur le dos et sur les plats.

Les costumes contenus dans cet exemplaire sont coloriés.

179. Bible (la) de Royaumont. Histoire de l'Ancien et du Nouveau Testament, revue, corrigée et augmentée par un ancien professeur de théologie, publiée avec l'assentiment de Monseigneur l'archevêque de Paris. *Paris, chez Belin-Leprieur, MDCCCLIV*, 1 volume petit in-folio doré sur tranches, avec charnières en maroquin, reliure

pleine en maroquin noir, avec fers spéciaux poussés à froid sur les plats.

Cet exemplaire d'amateur est tiré sur grand papier avec encadrement.

180. Bible (la) de Royaumont. Histoire de l'Ancien et du Nouveau Testament, revue, corrigée et augmentée par un ancien professeur de théologie, publiée avec l'agrément de Monseigneur l'archevêque de Paris. *Paris, Belin-Leprieur et Morizot, MDCCCLIV*, 1 volume grand in-8, doré sur tranches, avec charnières en maroquin noir, avec fers spéciaux poussés à froid sur le dos et sur les plats.

181. Bible (la Sainte), traduite par Lemaistre de Sacy. *Paris, Furne, MDCCCXLIII*, 4 volumes grand in-8, dorés sur tranches, avec charnières en maroquin et papier blanc sur les gravures, reliure pleine en maroquin noir et fers spéciaux poussés à froid sur le dos et sur les plats.

182. Bons Petits Enfants (les), par le comte de Gramont, vignettes par Ludwig Richter. *Paris, J. Hetzel*, 1 volume grand in-8, doré sur tranches, avec charnières en maroquin, reliure pleine en maroquin rouge et fers spéciaux poussés en or sur le dos et sur les plats.

183. Bords du Rhin (les), par Guinot. *Paris, Furne*, 1 volume grand in-8, doré sur tranches, avec charnières en maroquin et papier Montgolfier sur les gravures, reliure pleine en maroquin gros vert et fers spéciaux poussés en or sur le dos et sur les plats.

184. Bosphore (le) et Constantinople, avec perspectives des pays limitrophes, par de Tchitchatchef, avec 2 cartes, 9 planches et 9 figures intercalées dans le texte. *Paris, Morgand, MDCCCLXIV*, 1 volume grand in-8, doré sur tranches, avec charnières en maroquin et papier Montgolfier sur les gravures, reliure pleine en maroquin vert et

fers spéciaux poussés en or sur le dos et sur les plats.

185. Botanique de ma fille, par Jules Néraud, revue et complétée par Jean Macé, illustrée par Lallemand. *Paris*, *Hetzel*, 1 volume grand in-8, avec charnières en maroquin, reliure pleine en maroquin gros bleu et fers spéciaux poussés en or sur le dos et sur les plats.

186. —— Organographie et Taxonomie. Histoire naturelle des familles végétales et des principales espèces, suivant la classification de M. Adrien de Jussieu, avec l'indication de leur emploi dans les sciences, les arts et le commerce, par Emm. le Maout. *Paris*, *L. Curmer*, *MDCCCLII*, 1 volume grand in-8, doré sur tranches, avec charnières en maroquin et papier de soie blanc sur les gravures, reliure pleine en maroquin gros vert et fers spéciaux poussés en or sur le dos et sur les plats.

Les gravures de cet exemplaire sont coloriées avec soin.

187. Bretagne (la) ancienne et moderne, par Pitre Chevalier, illustrée par MM. A. Leleux, O. Penguilly et T. Johannot, éditée par W. Coquebert, 1 volume grand in-8, doré sur tranches, avec charnières en maroquin et papier de soie rose sur les gravures, reliure pleine en maroquin pensée et fers spéciaux poussés en or et mosaïque sur le dos et sur les plats.

Les gravures représentant des armoiries ou des costumes sont coloriées, et rehaussées d'or et d'argent. Ce volume de la première édition est piqué.

188. —— ancienne, depuis ses origines jusqu'à sa réunion à la France. Histoire, institutions, mœurs, pays, traditions, etc., avec un précis des faits depuis la réunion et le tableau de la Bretagne actuelle, par M. Pitre-Chevalier, nouvelle édition refondue par l'auteur, illustrations par T. Johannot, A. Leleux, O. Penguilly, Rouargue, etc. *Paris*, *Didier*, 1859, 1 volume grand in-8, doré sur

tranches, avec charnières en maroquin et papier de soie rose sur les gravures, reliure pleine en maroquin vert et fers spéciaux poussés en or sur le dos et sur les plats.

Les gravures représentant des costumes sont coloriées.

189. Bretagne (la) moderne, depuis sa réunion à la France jusqu'à nos jours. Histoire des Etats et du Parlement, de la Révolution dans l'Ouest, des guerres de la Vendée, de la Chouannerie, etc., par Pitre-Chevalier, nouvelle édition refondue par l'auteur, illustrations par T. Johannot, A. Leleux, O. Penguilly, Rouargue, etc. *Paris*, *Didier*, 1860, 1 volume grand in-8, doré sur tranches, avec charnières en maroquin et papier de soie rose sur les gravures, reliure pleine en maroquin vert et fers spéciaux poussés en or sur le dos et sur les plats.

Les gravures représentant des costumes sont coloriées.

190. Bretagne et Vendée, histoire de la Révolution française dans l'Ouest (complément de la Bretagne ancienne et moderne), par Pitre-Chevalier, illustrée par A. Leleux, O. Penguilly et T. Johannot, éditée par W. Coquebert, 1 volume grand in-8, doré sur tranches, avec charnières en maroquin et papier de soie blanc sur les gravures, reliure pleine en maroquin violet et fers spéciaux poussés en or et mosaïque sur le dos et sur les plats.

Ce volume est de la première édition, et les gravures représentant les costumes sont coloriées et rehaussées d'or et d'argent.

191. Bretagne (la), par Jules Janin. *Paris*, *Ernest Bourdin*, *s. d.*, 1 volume grand in-8, doré sur tranches, avec charnières en maroquin et papier de soie rose sur les gravures, reliure pleine en maroquin violet et fers spéciaux poussés en or sur le dos et sur les plats.

Les gravures représentant les costumes et les armoiries sont coloriées, et rehaussées d'or et d'argent.

192. Caractères (les), ou les mœurs de ce siècle, par la Bruyère, suivis du Discours à l'Académie et de

la traduction de Théophraste. *Paris, Belin-Leprieur*, 1845, 1 volume grand in-8, doré sur tranches, avec charnières en maroquin et papier rose sur les gravures, reliure pleine en maroquin la Vallière, et fers spéciaux poussés en or sur le dos et sur les plats.

Les gravures de cet exemplaire sont tirées sur chine avant la lettre.

193. Cent Proverbes, par Grandville. *Paris, H. Fournier, MDCCCXLV*, 1 volume grand in-8, doré sur tranches, avec charnières en maroquin, papier blanc sur les gravures, reliure pleine en maroquin pensée et fers spéciaux poussés en or sur le dos et sur les plats.

194. —— Le même ouvrage, 1 volume grand in-8, doré sur tranches, avec charnières en maroquin, papier rose sur les gravures, reliure pleine en maroquin gros bleu, et fers spéciaux poussés en or sur le dos et sur les plats.

195. Chants et Chansons populaires de la France. *H.-L. Delloye*, 1843, 3 volumes grand in-8 réunis en 2, dorés sur tranches, avec charnières en maroquin, et papier de soie rose sur toutes les gravures, reliure pleine en maroquin rouge, et fers spéciaux poussés en or sur le dos et sur les plats.

Comme cet ouvrage ne comporte pas de pagination, les trois volumes ont été réunis en deux, avec une table indiquant, au commencement de chacun des volumes, l'ordre de toutes les chansons contenues dans les trois volumes.

196. Chine ouverte (la), aventures d'un Fan Kouès dans le pays de Tsin, par Old Nick, ouvrage illustré par A. Borger. *Paris, H. Fournier, MDCCCXLV*, 1 volume grand in-8, doré sur tranches, avec charnières en maroquin, papier de soie blanc sur les gravures, reliure pleine en maroquin pensée et fers spéciaux poussés en or sur le dos et sur les plats.

197. Le Christ, les apôtres et les prophètes, principaux fragments de l'histoire de la religion, avec

collection de portraits gravés par les meilleurs artistes. *Paris*, *Garnier frères*, 1851, 1 volume gr. in-8, doré sur tranches, avec charnières en maroquin pensée, et fers spéciaux poussés en or sur le dos et sur les plats.

Les gravures de cet exemplaire sont avant la lettre.

198. Chroniques du château de Gérouville, extraites de la chronique latine de Turpin, de la chronique arabe de Ben-Thamar, et d'un poëme norvégien du IXe siècle; illustrations, de J.-H. Beauce, gravures de Pisan. *Paris*, *Plon frères*, *MDCCCLIV*, 1 volume grand in-8, doré sur tranches, avec charnières en maroquin et papier de soie rose sur les gravures, reliure pleine en maroquin la Vallière et fers spéciaux poussés en or sur le dos et sur les plats.

199. Ciel (le). Notions d'astronomie, à l'usage des gens du monde et de la jeunesse, par Amédée Guillemin, ouvrage illustré de 11 planches tirées en couleur et de 216 vignettes insérées dans le texte. *Paris*, *Hachette*, 1864, 1 volume grand in-8, doré sur tranches, avec charnières en maroquin et feuilles de papier de soie rose Montgolfier sur toutes les gravures, reliure pleine en maroquin bleu, avec les fers spéciaux poussés à froid et en or sur le dos et sur les plats.

200. Comédie enfantine (la), par Louis Ratisbonne, vignettes par Gobert et Froment. *Paris, Hetzel*, 1861, 1 volume in-8, doré sur tranches, avec charnières en maroquin, papier rose sur les gravures. Reliure pleine en maroquin la Vallière et fers spéciaux poussés en or sur le dos et sur les plats.

201. Confessions (les) de J.-J. Rousseau, vignettes de T. Johannot, Baron, etc. *Paris*, *Barbier*, 1846, 1 volume grand in-8, doré sur tranches, avec charnières en maroquin et papier Montgolfier sur les gravures, reliure pleine en maroquin pensée

et fers spéciaux poussés en or sur le dos et sur les plats.

On a ajouté les gravures sur chine de T. Johannot, publiées par Furne, concernant cet ouvrage.

202. Contes bleus, par Laboulaye : Yvon et Finette. La bonne femme Poncinet, contes bohèmes. Les Trois Citrons, Pif-Paf, dessins par Yan d'Argent. *Paris*, *Furne*, *M.DCCCLXIV*, 1 volume grand in-8, doré sur tranches, avec charnières en maroquin et papier rose sur les gravures, reliure pleine en maroquin bleu et fers spéciaux poussés en or sur le dos et sur les plats.

203. —— Nouveaux Contes bleus, par Laboulaye, Briam le fou. Petit Homme gris. Deux Exorcistes. Zerbin. Pacha berger. Ferlino. Sagesse des nations. Château de la vie, dessins par Yan d'Argent. *Paris*, *Furne*, *M.DCCCLXVIII*, 1 volume grand in-8, doré sur tranches, papier rose sur les gravures, reliure pleine en maroquin gros bleu et fers spéciaux poussés en or sur le dos et sur les plats.

204. —— célèbres de la littérature anglaise, tirés du Magasin d'éducation, traduit et arrangé par Stahl. *Paris, Hetzel*, 1 volume grand in-8, doré sur tranches, avec charnières en maroquin rouge et fers spéciaux poussés en or sur le dos et sur les plats.

205. —— de Schmid, traduction de l'abbé Macker, la seule approuvée par l'auteur ; nouvelle édition illustrée par M. G. Staal d'un grand nombre de vignettes intercalées dans le texte et 10 grands bois hors texte gravés par Gusmond. *Paris*, *Garnier*, 1 volume grand in-8, doré sur tranches, avec charnières en maroquin et papier rose sur les gravures, reliure pleine en maroquin violet et fers spéciaux poussés en or sur le dos et sur les plats.

206. —— des fées, par Perrault, Mme d'Aulnoy, Hamilton, etc., nouvelle édition illustrée de nom-

breuses vignettes dans le texte et 10 grands bois hors texte par Staal, Bertall, etc., gravés par Gusseman, Cordier, etc. *Paris*, *Garnier*, 1 volume grand in-8, doré sur tranches, avec charnières en maroquin et papier rose sur les gravures, reliure pleine en maroquin gros vert et fers spéciaux poussés en or sur le dos et sur les plats.

207. Contes du docteur Sam, par Henry Berthoud, illustrés d'un grand nombre de vignettes dans le texte, et de 10 grands bois hors texte, par Staal, Pizzetta, etc., gravés par Hildebrand, etc. *Paris*, *Garnier*, 1 volume grand in-8, doré sur tranches, avec charnières en maroquin, papier rose sur les gravures, reliure en maroquin vert, et fers spéciaux poussés en or sur le dos et sur les plats.

208. —— d'une vieille fille à ses neveux, par Mme Émile de Girardin, illustrés de 14 belles gravures. *Paris, Librairie nouvelle*, 1 volume grand in-8, doré sur tranches, avec charnières en maroquin et papier rose sur les gravures, reliure pleine en maroquin vert et fers spéciaux poussés en or sur le dos et sur les plats.

209. —— et Légendes, par Léon de Lanjon, ouvrage illustré par Doré, Bertall, Foulquier, Castelli, Marin. *Paris, Ch. Lahure*, 1862, 1 volume in-4, doré sur tranches, et charnières en maroquin, reliure pleine en maroquin violet avec fers spéciaux poussés en or sur le dos et sur les plats.

210. —— fantastiques d'Hoffmann, traduction nouvelle, précédée de souvenirs intimes sur l'auteur, par P. Christian, illustrée par Gavarni, *Paris*, *Morizot*, 1861, 1 volume grand in-8, doré sur tranches, avec charnières en maroquin et papier rose sur les gravures, reliure pleine en maroquin rouge et fers spéciaux poussés en or sur le dos et sur les plats.

211. Corinne, ou l'Italie, par Mme la baronne de Staël. *Paris, Victor Lecou, libraire-éditeur, M.DCCCLIII*, 1 volume grand in-8, dor. s. tr. avec charnières en maroquin, gros vert et fers spéciaux poussés en or sur le dos et sur les plats.

212. Costumes du moyen âge, d'après les manuscrits, les peintures et les monuments contemporains, précédé d'une dissertation sur les mœurs et les usages de cette époque. *Bruxelles*, 1847, 2 volumes grand in-8, dorés sur tranches, avec charnières en maroquin et papier Montgolfier sur les gravures, reliure pleine en maroquin la Vallière et fers spéciaux poussés en or sur le dos et sur les plats.

Les gravures de cet exemplaire sont coloriées avec beaucoup de soin.

213. Cours élémentaire d'histoire naturelle. Le Buffon de la jeunesse : zoologie, botanique, minéralogie, par P. Blanchard, revu, corrigé et augmenté par M. Chenu, illustré de 100 planches contenant plus de 400 sujets d'histoire naturelle, dessinés et gravés par nos meilleurs artistes. *Paris, Belin-le-Prieur et Morizot*, 1 volume grand in-8, doré sur tranches, avec charnières en maroquin et papier Montgolfier sur les gravures, reliure pleine en maroquin, pensée et fers spéciaux poussés en or sur le dos et sur les plats.

Les gravures de cet exemplaire sont coloriées.

214. Dans la forêt de la Thuringe, voyages d'étude, par Edouard Humbert. *Genève, imprimerie de Jules-Guillaume Fick*, 1862, 1 volume grand in-8, doré sur tranches, avec charnières en maroquin et papier Montgolfier sur les gravures, reliure pleine en maroqmin gros vert et fers spéciaux poussés en or sur le dos et sur les plats.

215. Dernières Scènes de la Comédie enfantine, par Louis Ratisbonne, vignettes par Froment. *Paris, J. Hetzel*, 1 volume grand in-8, doré sur tranches,

avec charnières en maroquin et papier rose sur les gravures, reliure pleine en maroquin vert, et fers spéciaux poussés en or sur le dos et sur les plats.

216. Description des fêtes populaires données à Valenciennes les 11, 12, 13 mai 1851, par la Société des Incas, par A. Dinaux, 1854. *E. Vanackère*, 1 volume grand in-8, doré sur tranches, avec charnières en maroquin et papier de soie sur les gravures, reliure pleine en maroquin rouge avec fers spéciaux poussés en or sur le dos et sur les plats.

217. Deux Années au Brésil, par Biard, ouvrage illustré de 180 vignettes dessinées par Riou, d'après les croquis de Biard. *Paris*, *Hachette*, 1862, 1 volume grand in-8, doré sur tranches, avec charnières en maroquin et papier rose sur les gravures, reliure pleine en maroquin rouge et fers poussés en or sur le dos et sur les plats.

218. Diable a Paris (le). Paris et les Parisiens, mœurs et coutumes, caractères et portraits des habitants de Paris, tableau complet de la vie privée, publique, politique, artistique, littéraire, industrielle, etc., etc., texte par MM. de Balzac, Eugène Sue, George Sand, J. Stahl, Alphonse Karr, etc.. Illustrations par Gavarni, Bertall, d'Aubigny, Français. *Paris*, *publié par J. Hetzel*, 1845, 2 volumes grand in-8, dorés sur tranches, avec charnières en maroquin, feuilles de papier Montgolfier sur les gravures, reliure pleine en maroquin pensée et fers spéciaux poussés en or sur le dos et sur les plats.

Les fers poussés sur cet exemplaire sont les premiers fers créés pour cet ouvrage.

219. —— (Le même ouvrage que ci-dessus). 2 volumes grand in-8, dorés sur tranches, avec charnières en maroquin et papier Montgolfier sur les

gravures, reliure pleine en maroquin rouge et fers spéciaux poussés en or sur le dos et sur les plats.

Les fers poussés sur cet exemplaire ont été créés plus tard et sont tout différents des premiers.

220. —— (Le même ouvrage que ci-dessus.) 2 volumes grand in-8, dorés sur tranches, avec charnières en maroquin et papier Montgolfier sur les gravures, reliure pleine en maroquin pensée et fers spéciaux poussés en or sur les plats.

Cet exemplaire, unique en son genre, offre ceci de très-curieux que toutes les gravures tirées à part, ainsi que toutes les vignettes et culs-de-lampe intercalés dans le texte, sont coloriés avec soin.

221. DICTIONNAIRE de la noblesse et du blason, par M. Jouffroy d'Eschavannes. *Paris, Garnier*, 1 volume grand in-8, doré sur tranches, avec charnières en maroquin et papier de soie sur les gravures, reliure pleine en maroquin la Vallière, et fers spéciaux poussés en or sur le dos et sur les plats.

Les gravures représentant les blasons sont coloriées avec soin et rehaussées d'or et d'argent.

222. DIEUX (les) et les demi-dieux de la peinture, par MM. Théophile Gautier, Arsène Houssaye et Paul de Saint-Victor, illustrations de M. Calamatta. *Paris, Morizot*, 1864, 1 volume grand in-8, doré sur tranches, charnières en maroquin et feuilles de papier de soie rose sur toutes les gravures, reliure pleine en maroquin rouge, avec fers spéciaux poussés à froid et en or sur le dos et sur les plats.

223. DISCOURS sur l'histoire universelle, par J.-B. Bossuet, évêque de Meaux, précédé d'une notice littéraire par Tissot. *Paris, Furne,* 1847, 1re édition, 1 volume grand in-8, doré sur tranches, avec charnières en maroquin et papier de soie rose Montgolfier sur toutes les gravures, reliure

pleine en maroquin noir avec titre en or et fers spéciaux poussés à froid sur les plats.

224. Discours sur l'histoire universelle, par J.-B. Bossuet évêque de Meaux, précédé d'une notice littéraire par M. Tissot. *Paris, Furne*, 1 volume grand in-8, doré sur tranches, avec charnières en maroquin et papier de soie rose Montgolfier sur toutes les gravures, reliure pleine en maroquin noir avec fers spéciaux poussés à froid sur le dos et sur les plats.

225. —— sur l'histoire universelle, par J.-B. Bossuet, évêque de Meaux, précédé d'une notice littéraire par M. Tissot. *Paris, L. Curmer*, 2 volumes grand in-8, dorés sur tranches, avec charnières en maroquin et papier de soie rose Montgolfier sur toutes les gravures, reliure pleine en maroquin vert foncé et fers spéciaux poussés en or sur les plats.

226. Don Quichotte de la Manche, l'intrépide hidalgo, par Miguel de Cervantès Saavedra, traduit et annoté par Louis Viardot, vignettes de Tony Johannot. *Paris, J.-J. Dubochet*, 1845, 1 volume grand in-8, doré sur tranches, avec charnières en maroquin, reliure pleine en maroquin gros vert et fers spéciaux poussés en or sur le dos et sur les plats.

227. Don Quichotte (le) de la jeunesse, traduit de Michel Cervantes par Florian; nouvelle édition illustrée de vignettes sur bois d'après les dessins de G. Staal, gravées par Pannemaker, Monard, Midderich, etc. *Paris, Garnier frères*, 1 volume grand in-8, doré sur tranches, avec charnières en maroquin et papier de soie rose sur toutes les gravures, reliure pleine en maroquin la Vallière et fers spéciaux poussés en or sur le dos et sur les plats.

228. Dame (la) aux Camélias, par Alexandre Dumas fils, préface de Jules Janin ; édition illustrée par Gavarin. *Paris, librairie moderne, Gustave Havard,* 1858, 1 volume grand in-8, doré sur tranches, avec charnières en maroquin et papier de soie rose sur les gravures, reliure pleine en maroquin rouge et fers spéciaux poussés en or sur le dos et sur les plats.

229. Empire (l') des légumes, mémoires de Cucurbitus Ier, recueillies et mis en ordre par Eug. Nus et Antony Méray, dessins par Amédée Varin. *Paris, de Gonet,* 1 volume grand in-8, doré sur tranches, avec charnières en maroquin et papier Montgolfier sur les gravures, reliure pleine en maroquin bleu et fers spéciaux poussés en or sur le dos et sur les plats.

Les gravures de cet exemplaire sont coloriées avec beaucoup de soin.

230. —— (l') Ottoman depuis les temps anciens jusqu'à nos jours, par Th. Lavallée. *Paris, Garnier frères,* 1855, 1 volume grand in-8, doré sur tranches, avec charnières en maroquin, papier Montgolfier sur les gravures, reliure pleine en maroquin rouge et fers spéciaux poussés en or sur le dos et sur les plats.

231. Enfants (les) de la Bible. Histoire morale et religieuse, par l'abbé Aug. Sergent, illustrations par Staal. *Paris, Morizot,* 1857, 1 volume grand in-8, doré sur tranches, avec charnières en maroquin et papier rose sur les gravures, reliure pleine en maroquin gros bleu et fers spéciaux poussés en or sur le dos et sur les plats.

232. Espagne (l') pittoresque, artistique et monumentale. Mœurs, usages et costumes, par M. Manuel de Cundias et Ferréal, illustrations par Célestin Nanteuil. *Paris, librairie ethnographique,* 1848, 1 volume grand in-8, doré sur tranches, avec charnières en maroquin et papier Montgolfier sur

les gravures, reliure pleine en maroquin la Vallière et fers poussés en or sur le dos et fers spéciaux sur les plats.

Les gravures sont sur papier de Chine, et les costumes sont coloriés.

233. —— Le même ouvrage que ci-dessus, 1 volume grand in-8, doré sur tranches, avec charnières en maroquin et papier Montgolfier sur les gravures, reliure pleine en maroquin la Vallière et fers spéciaux poussés en or sur le dos et sur les plats.

Les gravures sont également sur papier de Chine et les costumes coloriés.

234. Été (l') à Bade, par Eugène Guinot, illustré par MM. T. Johannot, Lamy, etc., etc. *Paris, Furne,* 1 volume grand in-8, avec charnières en maroquin et papier Montgolfier sur les gravures, reliure pleine en maroquin et fers spéciaux poussés en or sur le dos et sur les plats.

Les costumes, dans cet exemplaire, sont coloriés avec soin.

235. —— (l') à Paris, par M. Jules Janin. *Paris, L. Curmer, M.DCCCXLIV.* — Un Hiver à Paris, par M. Jules Janin. *Paris, L. Curmer, M.DCCCXLIV,* 2 volumes réunis en un, dorés sur tranches, avec charnières en maroquin et papier de soie rose sur toutes les gravures, reliure pleine en maroquin gros bleu et fers spéciaux poussés en or sur le dos et sur les plats.

236. Étoiles (les) du Monde. Galerie historique des femmes les plus célèbres de tous les temps et de tous les pays, texte par MM. d'Araguay, Dufayl, A. Dumas, de Gensupt, Arsène Houssaye, Miss Clarke, dessins de G. Staal, gravés par les premiers artistes anglais. *Paris, Garnier frères,* 1858, 1 volume grand in-8, doré sur tranches, avec charnières en maroquin et papier Montgolfier sur les gravures, reliure pleine en maroquin rouge avec fers spéciaux poussés en or sur le dos et sur les plats.

237. Étoiles (les), dernière féerie par Grandville, texte par Méry; Astronomie des dames, par le comte Fœlix. *Paris*, *Ch. de Gonet*, 1 volume in-8, doré sur tranches, avec charnières en maroquin et papier Montgolfier sur les gravures, reliure pleine en maroquin pensée avec fers spéciaux poussés en or sur le dos et sur les plats.

Les gravures de cet exemplaire sont coloriées avec soin.

238. Évangiles (les) de Notre-Seigneur Jésus-Christ selon saint Matthieu, saint Marc, saint Luc et saint Jean, traduction de Le Maistre de Sacy. *Paris, J.-J. Dubochet et Cie, M.DCCCXXXVII*, 1 volume grand in-8, doré sur tranches, avec charnières en maroquin et papier Montgolfier sur les gravures, reliure pleine en maroquin la Vallière et fers spéciaux poussés en or sur le dos et sur les plats.

239. Fables de Lachambaudie couronnées deux fois par l'Académie française, précédées d'une introduction par Pierre Leroux, édition illustrée d'après les dessins d'Aubigny, Gérard, etc., etc., ornée du portrait de l'auteur gravé par Pannier. *Paris, V. Lecou*, 1855, 1 volume grand in-8, doré sur tranches, avec charnières en maroquin, papier rose sur les gravures, reliure pleine en maroquin rouge et fers spéciaux poussés en or sur le dos et sur les plats.

240. Fables de la Fontaine illustrées par Granville. *Paris, Fournier aîné, M.DCCCXXXVIII*, 2 volumes in-8, dorés sur tranches, avec charnières en maroquin et papier rose sur les gravures, reliure pleine en maroquin gros bleu et fers poussés en or sur le dos et fers spéciaux sur les plats.

Les fers de cet exemplaire sont entièrement différents des suivants.

241. —— (le même ouvrage), 2 volumes in-8, reliés en un, dorés sur tranches avec charnières en maroquin, papier rose sur les gravures, reliure

pleine en maroquin gros bleu et fers spéciaux poussés en or sur le dos et sur les plats.

242. FABLES DE LA FONTAINE, illustrations de Granville. *Paris, Furne, M.DCCCXLVII*, 1 volume grand in-8, doré sur tranches, avec charnières en maroquin, reliure pleine en maroquin pensée avec fers spéciaux poussés en or sur le dos et sur les plats.

243. —— édition illustrée par J. David, Johannot, etc., etc., précédées d'une notice historique par le baron Walckenaer. *Paris, H. Plon*, 1 volume grand in-8, doré sur tranches, avec charnières en maroquin rouge et fers spéciaux poussés en or sur le dos et sur les plats.

Les fers de cet exemplaire sont entièrement différents de ceux du précédent.

244. FABLES ET POÉSIES CHOISIES de Th.-Conrad de Pfeffel, traduites en vers français et précédées d'une notice biographique par Paul Lehr. *Strasbourg, Silbermann*, 1840, 1 volume grand in-8, doré sur tranches, avec charnières en maroquin et papier de soie rose sur les gravures, reliure pleine en maroquin la Vallière et fers spéciaux poussés en or sur le dos et sur les plats.

Les gravures de cet exemplaire sont avant la lettre, et le frontispice ainsi que les gravures indiquant chaque livre sont coloriés avec soin.

245. FABLES, par Anatole de Ségur, vignettes par Frœhlich. *Paris, Hetzel*, 1 volume grand in-8, doré sur tranches, avec charnières en maroquin, papier rose sur les gravures, reliure pleine en maroquin rouge et fers spéciaux poussés en or sur le dos et sur les plats.

246. FAUST (le) DE GOËTHE, traduction revue et complète, précédée d'un Essai sur Goëthe par M. Henri Blaze, édition illustrée par Tony Johannot. *Paris, Michel Lévy frères*, 1847, 1 volume grand in-8, avec charnières en maroquin et papier de soie rose sur les gravures, reliure pleine en maroquin

la Vallière et fers spéciaux poussés en or sur le dos et sur les plats.

Les gravures de cet exemplaire sont tirées sur papier de Chine.

247. Femmes (les) au temps passé, par M. Arsène Houssaye. *Paris, Morizot*, 1863, 1 volume grand in-8, doré sur tranches, avec charnières en maroquin et papier de soie rose Montgolfier sur toutes les gravures, reliure pleine en maroquin la Vallière avec les fers spéciaux poussés à froid et en or sur le dos et sur les plats.

248. —— (les) de Balzac, types, caractères et portraits, précédées d'une notice biographique par le bibliophile Jacob, et illustrées de quatorze magnifiques portraits gravés sur acier d'après les dessins de G. Staal. *Paris, Mme Ve Louis Janet*, 1 volume grand in-8, doré sur tranches, avec charnières en maroquin et papier de soie blanc sur les gravures, reliure pleine en maroquin pensée et fers spéciaux poussés en or sur le dos et sur les plats.

249. —— (les) de la Bible, principaux fragments d'une Histoire du peuple de Dieu par l'abbé G. Darboy, avec collection de portraits des femmes les plus célèbres de l'Ancien et du Nouveau Testament, gravés par les meilleurs artistes d'après les dessins de G. Staal. *Paris, Garnier frères*, 1850, 2 volumes grand in-8, dorés sur tranches, avec charnières en maroquin et papier Montgolfier sur les gravures, reliure pleine en maroquin gros vert et fers spéciaux poussés en or sur le dos et sur les plats.

La femme gravée sur les plats du premier volume n'est pas la même que celle gravée sur les plats du second.

250. Fêtes (les) du Christianisme, par l'abbé Casimir. *Paris, de Gonet*, 1 volume in-8, doré sur tranches, avec charnières en maroquin et papier rose sur les gravures, reliure pleine en maroquin

gros bleu et fers poussés en or sur le dos et fers spéciaux sur les plats.

251. Femme (la) jugée par les grands écrivains des deux sexes, ou la femme devant Dieu, devant la nature, devant la loi et devant la Société, par L.-J. Larcher, avec une introduction de M. Bescherelle aîné, le seul ouvrage qui réunisse un ensemble aussi complet et aussi varié sur la femme. *Paris, Garnier frères*, 1854, 1 volume grand in-8, doré sur tranches, avec charnières en maroquin et papier de soie blanc sur les gravures, reliure pleine en maroquin gros bleu et fers spéciaux poussés en or sur le dos et sur les plats.

252. Fierabras, légende nationale traduite par Mary Lafon et illustrée de 12 belles gravures dessinées par G. Doré. *Paris, librairie nouvelle*, 1857, 1 volume grand in-8, doré sur tranches, avec charnières en maroquin et papier Montgolfier sur les gravures, reliure pleine en maroquin lilas avec fers spéciaux poussés en or sur le dos et sur les plats.

253. Fils (le) du Diable, par Paul Féval. *Paris, Willermy*, 1847, 2 volumes grand in-8, dorés sur tranches, avec charnières en maroquin et papier Montgolfier sur les gravures, reliure pleine en maroquin rouge avec fers spéciaux poussés en or sur le dos et sur les plats.

254. Fleurs animées, par J.-J. Grandville, introduction par Alphonse Karr, texte par Taxile Delord. *Paris, Gabriel de Gonet*, 1847, 2 volumes grand in-8, reliés en un, dorés sur tranches, avec charnières en maroquin et papier Montgolfier sur les gravures, reliure pleine en maroquin pensée, avec fers spéciaux poussés en or sur le dos et sur les plats.

Cet exemplaire est du premier tirage, et les gravures sont coloriées avec soin.

255. Galerie des Femmes célèbres par leurs talents, leur rang ou leur beauté, portraits en pied, dessinés par Lanté, la plupart d'après des originaux inédits gravés par Mme Gatini et coloriés avec soin. *Paris*, 1827, 1 volume petit in-folio, doré sur tranches avec papier de soie rose Montgolfier sur toutes les gravures, reliure pleine en maroquin et fers spéciaux poussés en or sur les plats.

256. —— tirée des Causeries du Lundi, par M. Sainte-Beuve, illustrée de 12 portraits gravés au burin par MM. Gouttière, Cutwalte, Geoffroy, Girardet, Delaunoy, Gervais, etc., etc., d'après les dessins de M. G. Staal. *Paris, Garnier frères, M.DCCCLIX*, 1 volume grand in-8, doré sur tranches, avec charnières en maroquin et papier Montgolfier sur les gravures, reliure pleine en maroquin gros vert et fers spéciaux poussés en or sur sur le dos et sur les plats.

Les gravures de cet exemplaire sont avant la lettre.

257. —— (Nouvelle), tirée des Causeries du Lundi, des Portraits littéraires, etc., par M. Sainte-Beuve, illustrée de portraits gravés au burin par MM. Regnault, Massard, Nargeot, Geoffroy et Delaunoy d'après les dessins de M. G. Staal. *Paris, Garnier frères, M.DCCCLXV*, 1 volume grand in-8, doré sur tranches, avec charnières en maroquin et papier Montgolfier sur les gravures, reliure pleine en maroquin rouge, avec fers spéciaux poussés en or sur le dos et sur les plats.

Les gravures de cet exemplaire sont avant la lettre.

258. Galerie des Femmes de George Sand, par le bibliophile Jacob, 24 gravures en taille-douce par R. Robinson d'après les tableaux des premiers artistes. *Paris, Aubert et C*[e], 1843, 1 volume grand in-8, doré sur tranches, avec charnières en maroquin et papier Montgolfier sur les gravures, reliure pleine en maroquin blanc et fers spéciaux poussés en or sur le dos et sur les plats.

259. Galerie des Femmes de George Sand, par le bibliophile Jacob, 24 gravures en taille-douce sur acier par R. Robinson, d'après les tableaux des premiers artistes. *Bruxelles, Hanmann*, 1843, 1 volume grand in-8, doré sur tranches, avec charnières en maroquin et papier Montgolfier sur les gravures, reliure pleine en maroquin rouge et fers spéciaux poussés en or sur le dos et sur les plats.

260. Gérard (Jules), le Tueur de lions, lieutenant au 3e régiment de spahis. La Chasse aux lions, ornée de gravures par G. Doré et d'un portrait de Jules Gérard. *Paris, librairie nouvelle*, 1855, 1 volume grand in-8, doré sur tranches, avec charnières en maroquin et papier Montgolfier sur les gravures, reliure pleine en maroquin gros vert et fers spéciaux poussés en or sur le dos et sur les plats.

261. Grandes Inventions (les) anciennes et modernes, dans les sciences, l'industrie et les arts, par Figuier. *Paris, Hachette*, 1863, 1 volume grand in-8, doré sur tranches, avec charnières en maroquin et papier rose sur les gravures, reliure pleine en maroquin rouge et fers spéciaux poussés en or sur le dos et sur les plats.

262. Guillaume le Taciturne et sa dynastie. Histoire des Pays-Bas, Hollande, Belgique, depuis le xvie siècle jusqu'à nos jours, avec des détails sur les événements mémorables de cette période, accompagnée d'une biographie des personnages mentionnés dans cette histoire, par J. Champagnac, illustrations de Rouargue. *Paris, Leprieur et Morizot*, 1852, 1 volume grand in-8, doré sur tranches, avec charnières en maroquin et papier de soie blanc sur les gravures.

263. Histoire de Don Pablo de Ségovie, surnommé l'Aventurier gascon, par Don Francisco de Quevedo Villegas, traduite de l'espagnol et annotée

par Germond de Lavigne, précédée d'une Lettre de Ch. Nodier, vignettes de Henry Emy gravées par Boulam. *Paris, Ch. Warée*, 1843, 1 volume in-8, doré sur tranches, avec charnières en maroquin, reliure pleine en maroquin gros bleu et fers spéciaux poussés en or sur le dos et sur les plats.

Le texte de cet exemplaire est tiré sur papier bleu.

264. —— (même ouvrage, même reliure).

265. Histoire de Gil Blas de Santillane, par Lesage, vignettes par Jean Gigoux. *Paris, chez Paulin*, 1835, 1 volume grand in-8, doré sur tranches, reliure pleine en maroquin pensée, avec les fers spéciaux poussés sur le dos et sur les plats.

Les fers spéciaux de cet exemplaire sont les premiers fers créés pour cet ouvrage.

266. —— de Gil Blas de Santillane, par Lesage, précédée d'une Introduction par M. Jules Janin, illustrations de Gavarni. *Paris, Morizot*, 1863, 1 volume grand in-8, doré sur tranches, avec charnières en maroquin et papier de soie rose Montgolfier sur toutes les gravures, reliure pleine en maroquin rouge et fers spéciaux poussés en or sur le dos et sur les plats.

267. —— de la maison royale de Saint-Cyr (1686 à 1793), par Th. Lavallée. *Paris, Furne*, 1853, 1 volume grand in-8, doré sur tranches, avec charnières en maroquin et papier de soie rose sur les gravures, reliure pleine en maroquin pensée et fers spéciaux poussés en or sur le dos et sur les plats.

268. —— de la République de Venise par Léon Galibert. *Paris, Furne et Cᵉ*, 1850, 1 volume grand in-8, doré sur tranches, avec charnières en maroquin et papier de soie sur toutes les gravures, reliure pleine en maroquin rouge et fers spéciaux poussés en or sur le dos et sur les plats.

269. HISTOIRE de l'empereur Napoléon, par P.-M. Laurent de l'Ardèche, illustrée par Horace Vernet. *Paris*, *J. Dubochet*, 1839, 1 volume grand in-8, doré sur tranches, avec charnières en maroquin, reliure pleine en maroquin rouge et fers poussés en or sur le dos et fers spéciaux sur les plats.

Cet exemplaire est du premier tirage, et le texte en est tiré sur feuilles de chine. Les deux gravures qu'il renferme sont tirées sur une feuille de bois qui a été collée sur carton, pour empêcher le bois de se fendre.

270. —— de l'empereur Napoléon, par Laurent de l'Ardèche, illustrée par Horace Vernet. *Paris, J. Dubochet*, 1840, 1 volume grand in-8, doré sur tranches, et papier Montgolfier sur les gravures, reliure pleine en maroquin gros vert et fers spéciaux poussés en or sur le dos et sur les plats.

Les costumes militaires de cet exemplaire sont tous coloriés.

271. —— de l'empereur Napoléon (*le même ouvrage avec le portrait de l'empereur en regard de l'introduction*), 1 volume grand in-8, doré sur tranches, avec charnières en maroquin et papier de soie blanc sur les gravures, reliure pleine en maroquin gros vert et fers spéciaux poussés en or sur le dos et sur les plats et entièrement différents des précédents.

Les costumes militaires de cet exemplaire sont également tous coloriés.

272. —— de Manon Lescaut et du chevalier des Grieux, par l'abbé Prévost, édition illustrée par Tony Johannot, précédée d'une notice historique sur l'auteur, par Jules Janin. *Paris, Ernest Bourdin*, 1 volume grand in-8, doré sur tranches, avec charnières en maroquin et papier Montgolfier sur les gravures, reliure pleine en maroquin rouge et fers spéciaux poussés en or sur le dos et sur les plats.

Cet exemplaire est de la premièré édition; les gravures sont tirées sur papier de Chine avant la lettre, et les portraits de Manon et celui du chevalier des Grieux, poussés sur les plats, le sont en argent.

273. HISTOIRE de saint Vincent de Paul, par l'abbé Orsini, illustrée de vignettes d'après Karl Girardet, Leloir, Meissonnier, Staal. *Paris, V. Lecou, M.DCCCLII*, 1 volume grand in-8, doré sur tranches, avec charnières en maroquin et papier Montgolfier sur les gravures, reliure pleine en maroquin rouge et fers spéciaux poussés en or sur le dos et sur les plats.

Les gravures de cet exemplaire sont tirées sur chine avant la lettre.

274. —— des naufrages, délaissements de matelots, hivernages, incendies de navires et autres désastres de mer, d'après Eyriès; nouvelle édition, revue, augmentée et précédée d'une préface par Ernest Taille, illustrations de Rouargue. *Paris, Morizot*, 1 volume grand in-8, doré sur tranches, avec charnières en maroquin et papier rose sur les gravures, reliure pleine en maroquin gros vert et fers spéciaux poussés en or sur le dos et sur les plats.

275. —— des Plantes, par Louis Figuier, ouvrage illustré de 415 figures d'après nature par Faguet et gravées par Laplante. *Paris, Hachette*, 1865, 1 volume grand in-8, doré sur tranches, et papier rose sur les gravures, reliure pleine en maroquin rouge et fers spéciaux poussés en or sur le dos et sur les plats.

276. HISTOIRE d'un aquarium et de ses habitants, par Van Bruysel, dessins par Riou, d'après Becker. Impression des planches en couleur, par Silbermann. *Paris, Hetzel*, 1 volume grand in-8, doré sur tranches, avec charnières en maroquin et papier Montgolfier sur les gravures, reliure pleine en maroquin gros vert et fers spéciaux poussés en or sur le dos et sur les plats.

277. —— d'un trop bon chien, par M. de Cherville, illustrée par Andrieux. *Paris, Hetzel*, 1 volume grand in-8, doré sur tranches, avec charnières en

maroquin et papier rose sur les gravures, reliure pleine en maroquin la Vallière et fers poussés en or sur le dos et sur les plats.

278. HISTOIRE fantastique du célèbre Pierrot, écrite par le magicien Alcofribas, traduite du sogdien par Alfred Assolant, dessins par Yan Dargent. *Paris, Furne et Cᵉ, MDCCCLXV*, 1 volume grand in-8, doré sur tranches, avec charnières en maroquin, reliure pleine en maroquin rouge et fers spéciaux poussés en or sur le dos et sur les plats.

279. —— naturelle des mammifères, avec l'indication de leurs mœurs et de leurs rapports avec les arts, le commerce et l'agriculture, par M. Paul Gervais. Primates, Cheiroptères, Insectivores et Rongeurs. *Paris, L. Curmer, MDCCCLIV*, 1 volume grand in-8, doré sur tranches, avec charnières en maroquin et papier Montgolfier sur les gravures, reliure pleine en maroquin gros bleu et fers spéciaux poussés en or sur le dos et sur les plats.

Les gravures de cet exemplaire sont coloriées avec soin.

280. —— naturelle des mammifères, avec l'indication de leurs mœurs et de leurs rapports avec les arts, le commerce et l'agriculture, par M. Paul Gervais. Carnivores, Proboscidiens, Jumentés, Bisulques, Édentés, Marsupiaux, Monothèmes, Phoques, Sérénides et Cétacés. *Paris, L. Curmer, MDCCCLV*, 1 volume grand in-8, doré sur tranches, avec charnières en maroquin et papier Montgolfier sur les gravures, reliure pleine en maroquin gros bleu et fers spéciaux poussés en or sur le dos et sur les plats.

Les gravures de cet exemplaire sont coloriées avec soin.

281. —— naturelle des oiseaux, suivant la classification de M. Isidore Geoffroy Saint-Hilaire, avec l'indication de leurs mœurs et de leurs rapports avec les arts, le commerce et l'agriculture, par M. E. le Maout. *Paris, L. Curmer, MDCCCLIII,*

1 volume grand in-8, doré sur tranches, avec papier de soie blanc sur les gravures, reliure pleine en maroquin rouge et fers spéciaux poussés en or sur le dos et sur les plats.

Les gravures de cet exemplaire sont coloriées avec soin.

282. HISTOIRE philosophique, politique et religieuse de la barbe, chez les principaux peuples de la terre, depuis les temps les plus reculés jusqu'à nos jours, par le docteur Philippe. *Paris, Martinon*, 1845, 1 volume in-8, doré sur tranches, avec charnières en maroquin, reliure pleine en maroquin gros vert et fers spéciaux poussés en or sur le dos et sur les plats. (*Petit, successeur de Simier.*)

283. HONGRIE (la) ancienne et moderne. Histoire, arts, littérature, monuments, par une société de littérateurs, sous la direction de M. G. Boldényi. Dessinateurs : Janet-Lange, V. Beaucé, etc. ; graveurs : Trichon, Brévière, Faguion, etc., etc. ; *Paris, H. Lebrun*, 1851, 1 volume grand in-8, doré sur tranches et papier de soie blanc sur les gravures, reliure pleine en maroquin vert et fers spéciaux poussés en or sur le dos et sur les plats.

Les costumes dans cet exemplaire sont coloriés.

284. HUGO (VICTOR). Notre-Dame de Paris. Édition illustrée d'après les dessins de Beaumont, L. Boulanger, etc., etc., gravés par les artistes les plus distingués. *Paris, Perrotin*, 1844, 1 volume grand in-8, doré sur tranches, avec charnières en maroquin et papier de soie rose sur les gravures, reliure pleine en maroquin vert et fers spéciaux poussés en or sur le dos et sur les plats.

285. ILE DES RÊVES (l'). Aventures d'un Anglais qui s'ennuie, par Louis Ulbach, illustrations de Rouargue. *Paris, Morizot*, 1860, 1 volume grand in-8, doré sur tranches, avec charnières en maroquin et papier de soie rose sur les gravures, reliure

pleine en maroquin rouge et fers spéciaux poussés en or sur le dos et sur les plats.

286. Illustrations de la noblesse européenne, par M. l'abbé d'Ormancey, vicomte de Fréjacques, ouvrage orné de 2 blasons magnifiquement coloriés d'après les émaux. *Paris*, 1848, 1 volume in-8, doré sur tranches, avec charnières en maroquin et papier Montgolfier sur toutes les gravures, reliure pleine en maroquin pensée avec fers poussés en or sur le dos et fers spéciaux sur les plats.

287. Illustred Record of importants events in the annals of Europe during the last four years; comprising a series of views of the principal places, battles, etc., etc., connected with those events. Together with a history of those momentous transactions, compiled from official and other authentic documents. *London*, 1876, in-folio, doré en tête et ébarbé, avec feuilles de papier de soie Montgolfier sur toutes les gravures, demi-reliure, avec coins en maroquin et fers poussés en or sur le dos. (*Capé.*)

288. Imitation (l') de Notre-Seigneur Jésus-Christ, traduction nouvelle, avec des réflexions à la fin de chaque chapitre, par M. l'abbé F. de Lamennais. *Paris*, *Furne*, 1844, 1 volume grand in-8, doré sur tranches, avec charnières en maroquin et papier Montgolfier sur les gravures, reliure pleine en maroquin noir et fers spéciaux sur le dos et sur les plats.

On a ajouté au commencement une lithographie sur soie et collée sur papier, représentant la sainte robe de Jésus, exposée à la vénération des chrétiens en la cathédrale de Trèves dans l'année 1844, sous l'épiscopat de Mgr Arnoldi.

289. Inde (l') pittoresque, par Louis Énault, illustrations par MM. Rouargue et Outwarth. *Paris*, *Morizot*, 1861, 1 volume grand in-8, doré sur tranches, avec charnières en maroquin et papier Montgolfier sur les gravures, reliure pleine en ma-

roquin violet et fers spéciaux poussés en or sur le dos et sur les plats.

290. JARDIN DES PLANTES (le), description des mœurs des mammifères, de la ménagerie et du Muséum d'histoire naturelle, par M. Boitard, précédé d'une introduction ornithologique, descriptive et pittoresque, par M. J. Janin. *Paris*, *G.-G. Dubochet*, 1845, 1 volume grand in-8, doré sur tranches, avec charnières en maroquin et papier de soie blanc sur les gravures, reliure pleine en maroquin gros bleu et fers poussés en or sur le dos et sur les plats.

291. JEANNE D'ARC, poëme en douze chants, par Alexandre Guillemin. Illustrations de M. Pauquet. *Paris*, *L. Curmer*, *MDCCCXLIV*, 1 volume grand in-8, doré sur tranches et papier de soie rose sur les gravures, reliure pleine en maroquin bleu et fers spéciaux poussés en or sur le dos et sur les plats.

292. JÉROME PATUROT à la recherche d'une position sociale, par Louis Reybaud, édition illustrée par Grandville. *Paris*, *Dubochet*, 1846, 1 volume grand in-8, doré sur tranches, avec charnières en maroquin et papier Montgolfier sur les gravures, reliure pleine en maroquin gros vert et fers spéciaux poussés en or sur le dos et sur les plats.

293. —— à la recherche de la meilleure des républiques, par Reybaud, édition illustrée par Tony Johannot. *Paris*, *Michel Lévy frères*, 1849, 1 volume grand in-8, doré sur tranches, avec charnières en maroquin, papier Montgolfier sur les gravures, reliure pleine en maroquin pensée et fers spéciaux poussés en or sur le dos et sur les plats.

294. JÉRUSALEM DÉLIVRÉE, traduction nouvelle et en prose, par M. Philipon de la Madeleine, augmentée d'une description de Jérusalem, par M. de Lamar-

tine, édition illustrée par Baron et Nanteuil. *Paris, J. Mallet*, 1841, 1 volume grand in-8, doré sur tranches, avec charnières en maroquin et papier rose sur les gravures, reliure pleine en maroquin gros vert et fers poussés en or sur le dos et fers spéciaux sur les plats.

Les gravures de cet exemplaire sont tirées sur chine avant la lettre.

295. Jérusalem et la Terre-Sainte, notes de voyage recueillies et mises en ordre par M. l'abbé G. D. Illustrations de M. Rouargue. *Paris, Belin-Leprieur et Morizot*, 1 volume grand in-8, doré sur tranches, avec charnières en maroquin et papier de soie blanc sur toutes les gravures, reliure pleine en maroquin rouge et fers spéciaux poussés en or sur le dos et sur les plats.

296. Jeunesse (la) des hommes célèbres, par Eug. Müller, dessins par E. Bayard. *Paris, Hetzel*, 1 volume grand in-8, doré sur tranches, avec charnières en maroquin, papier rose sur les gravures, reliure pleine en maroquin rouge et fers spéciaux poussés en or sur le dos et sur les plats.

297. Jocelyn, épisode, par M. de Lamartine. *Paris, Ch. Gosselin, MDCCCXLI*, 1 volume grand in-8, doré sur tranches, avec charnières en maroquin et papier rose sur les gravures, reliure pleine en maroquin la Vallière et fers spéciaux poussés en or sur le dos et sur les plats.

298. —— épisode, par M. de Lamartine. *Paris, Furne, MDCCCXLII*, 1 volume grand in-8, doré sur tranches, avec charnières en maroquin et papier rose sur les gravures, reliure pleine en maroquin gros bleu et fers spéciaux poussés en or sur le dos et sur les plats et entièrement différents de ceux qui précèdent.

299. —— épisode, par Lamartine. *Paris, Gosselin, MDCCCXLVIII*, 1 volume grand in-8, doré sur tranches, avec charnières en maroquin et papier

rose sur les gravures, reliure pleine en maroquin gros bleu et fers poussés en or sur le dos et sur les plats.

300. JOYAUX (les), fantaisie par Gavarni, texte par Méry. Minéralogie des dames, par le comte Fœlix. *Paris*, *G. de Gonet*, 1 volume grand in-8. — LES PARURES, fantaisie par Gavarni, texte par Méry. Histoire de la Mode, par le comte Fœlix. *Paris, G. de Gonet*, 1 volume grand in-8, doré sur tranches, avec charnières en maroquin et papier de soie rose Montgolfier sur toutes les gravures, reliure pleine en maroquin gros vert, avec fers spéciaux poussés en or sur le dos et sur les plats.

301. JUIF-ERRANT (le), par Eugène Sue, édition illustrée par Gavarni. *Paris, Paulin*, 1845, 4 volumes in-8 réunis en 2, dorés sur tranches, avec charnières en maroquin et papier Montgolfier sur les gravures, reliure pleine en maroquin vert, et fers spéciaux poussés en or sur le dos et sur les plats.

302. LÉGENDE (la) de Croquemitaine, recueillie par Ernest l'Épine et illustrée de 177 vignettes sur bois, par Gustave Doré. *Paris*, *L. Hachette*, *M.DCCCLXIII*, 1 volume in-4, doré sur tranches, avec charnières en maroquin et papier de soie rose Montgolfier sur toutes les gravures, reliure pleine en maroquin rouge avec fers spéciaux poussés en or sur le dos et sur les plats.

303. LETTRES choisies de madame de Sévigné, précédées d'une notice par Grouvelle, d'observations littéraires par Suard, accompagnées de notes explicatives sur les faits et sur les personnages du temps, ornées d'une galerie de portraits historiques dessinés par Stahl, gravés au burin par Massard, F. Delaunais, etc. *Paris*, *Garnier frères*, 1862, 1 volume grand in-8, doré sur tranches, avec charnières en maroquin et papier Montgol-

fier sur les gravures, reliure pleine en maroquin violet et fers spéciaux poussés en or sur le dos et sur les plats.

304. Lettres sur le Caucase et la Crimée, ouvrage enrichi de 30 vignettes dessinées d'après nature et d'une carte dressée au dépôt topographique de la guerre à Saint-Pétersbourg. *Paris*, *Gide*, 1859, 1 volume grand in-8, doré sur tranches, avec charnières en maroquin et papier Montgolfier sur les gravures, reliure pleine en maroquin vert et fers spéciaux poussés en or sur le dos et sur les plats.

305. Livre (le) des Mères. Les Enfants, par V. Hugo, vignettes par Froment, gravures par R. Bren d'Amour et Dusseldorf. *Paris*, *J. Hetzel*, 1 volume grand in-8, doré sur tranches, avec charnières en maroquin, reliure pleine en maroquin laVallière et fers spéciaux poussés en or sur le dos et sur les plats.

306. Livre d'or des familles, ou la Terre-Sainte, par J. A. L. *Paris*, *librairie ethnographique*, 1 volume grand in-8, doré sur tranches et papier Montgolfier sur les gravures, reliure pleine en maroquin rouge du Levant, avec fers spéciaux poussés en or sur le dos, et filets en or sur les plats.

307. Mary-Lafon. La France ancienne et moderne, illustrations de Rouargue, Valerio, etc., etc., gravures de Wilmann. *Paris, Morizot*, 1865, 1 volume grand in-8, doré sur tranches, avec charnières en maroquin et papier Montgolfier sur les gravures, reliure pleine en maroquin gros vert et fers spéciaux poussés en or sur le dos et sur les plats.

308. Marine (la), arsenaux, navires, équipages et navigations, atterrages, combats, par Eugène Pacini, illustrations de M. Morel Fatio. *Paris, L. Curmer*,

M.DCCCXLIV, 1 volume grand in-8, doré sur tranches, avec charnières en maroquin et papier de soie rose sur les gravures, reliure pleine en maroquin vert, avec fers spéciaux poussés en or sur le dos et sur les plats.

309. Marins (les) illustres de la France, par L. Guérin. *Paris*, *Belin-Leprieur*, 1845, 1 volume grand in-8, doré sur tranches, avec charnières en maroquin et papier de soie blanc sur les gravures, reliure pleine en maroquin gros bleu et fers spéciaux poussés en or sur le dos et sur les plats.

310. Masques et Bouffons (comédie italienne), texte et dessins par Maurice Sand gravures, par A. Manceau, préface par George Sand. *Paris*, *Michel Lévy*, *M.DCCCLX*, 2 volumes grand in-8, dorés sur tranches, avec charnières en maroquin et papier de soie rose Montgolfier sur toutes les gravures, reliure pleine en maroquin gros vert et fers spéciaux poussés en or sur le dos et sur les plats.

Cet exemplaire contient les trois collections de gravures qui ont été publiées, c'est-à-dire une en noir, une en bistre, et l'autre coloriée avec soin.

311. Mathilde, mémoires d'une jeune femme, par Eugène Sue. *Paris, Charles Gosselin, M.DCCCXLIV*, 2 volumes grand in-8, avec charnières en maroquin et papier de soie rose sur les gravures, reliure pleine en maroquin gros bleu et fers spéciaux poussés en or sur le dos et sur les plats.

312. Magasin (le Nouveau) des enfants, par Charles Nodier, Stahl, Balzac, etc., etc., 350 vignettes par Meissonnier, T. Johannot, etc., etc. *Paris, Hetzel*, 1860, 4 volumes in-8, dorés sur tranches, avec charnières en maroquin, reliure pleine en maroquin rouge et fers spéciaux poussés en or sur le dos et sur les plats.

313. Méditerranée (la), ses bords, par Louis Énault, illustrations de M. Rouargue. *Paris*, *Morizot*,

1863, 1 volume grand in-8, doré sur tranches, avec charnières en maroquin Montgolfier sur les gravures, reliure pleine en maroquin gros bleu, et fers spéciaux poussés en or sur le dos et sur les plats.

Les costumes, dans cet exemplaire, sont coloriés avec soin.

314. Méry. Constantinople et la Mer Noire, illustrations de Rouargue. *Paris*, *Belin-Leprieur*, 1 volume grand in-8, doré sur tranches, avec charnières en maroquin cuir de Russie et papier de soie Montgolfier sur les gravures, reliure pleine en cuir de Russie avec fers spéciaux poussés en or sur le dos et sur les plats.

Les costumes dans cet exemplaire sont coloriés.

315. Mésaventures (les) de Jean-Paul Choppart, par Louis Desnoyers, illustrées par Grandville. *Paris, Hetzel*, 1 volume grand in-8, doré sur tranches, avec charnières en maroquin, reliure pleine en maroquin rouge, avec fers spéciaux poussés en or sur le dos et sur les plats.

316. Métamorphoses du jour (les), par Grandville, accompagnées d'un texte par MM. Albéric Second, Louis Lurine, etc., etc. *Paris, Gustave Havard*, 1854, 1 volume grand in-8, doré sur tranches, avec charnières en maroquin gros bleu et fers spéciaux poussés en or sur le dos et sur les plats.

Les gravures de cet exemplaire sont toutes coloriées.

317. Mille et une Nuits (les), contes arabes, traduits par Galland, précédés d'une introduction par M. J. Janin, illustrations de Gavarni et Wattier. *Paris, Morizot*, 1864, 1 volume doré sur tranches, avec charnières en maroquin et papier de soie sur les gravures, reliure pleine en maroquin rouge et fers spéciaux poussés en or sur le dos et sur les plats.

318. Monde (le) de la mer, par Alfred Frédol, illustré de 21 planches sur acier tirées en couleur, et de 200 vignettes sur bois dessinées par P. Lacherbauer. *Paris, librairie de L. Hachette,* 1865, 1 volume grand in-8, doré sur tranches, charnières en maroquin et papier de soie rose Montgolfier sur toutes les gravures, reliure pleine en maroquin rouge, avec fers spéciaux poussés à froid et en or sur le dos et sur les plats.

319. —— des enfants, par Mme Thècle de Gumpert, contes moraux traduits de l'allemand, avec l'autorisation de l'auteur, par M. Malume, illustré de 125 vignettes sur bois par Jemdt. *Paris, Hachette,* 1860, 1 volume grand in-8, doré sur tranches, avec charnières en maroquin, papier rose sur les gravures, reliure pleine en maroquin gros bleu et fers spéciaux poussés en or sur le dos et sur les plats.

320. —— des insectes, par Berthoud, illustré d'un grand nombre de vignettes sur bois gravées par Joliet et Thomas, etc., etc., dessins de Yan d'Argent. *Paris, Garnier frères,* 1 volume grand in-8, doré sur tranches, avec charnières en maroquin et papier rose sur les gravures, reliure pleine en maroquin rouge et fers spéciaux poussés en or sur le dos et sur les plats.

321. —— tel qu'il sera, par Émile Souvestre, illustré par MM. Bertall, Penguilly et Saint-Germain, édité par W. Coquebert, 1 volume grand in-8, doré sur tranches, avec charnières en maroquin, papier rose sur les gravures, reliure pleine en maroquin rouge, fers poussés en or sur le dos et fers spéciaux sur les plats.

Légèrement piqué au commencement du volume.

322. —— tel qu'il sera (le même ouvrage). 1 volume grand in-8, doré sur tranches, avec charnières en maroquin, papier rose sur les gravures,

reliure pleine en maroquin rouge, et fers spéciaux poussés en or sur le dos et sur les plats.

Cet exemplaire est en très-bon état, et n'est nullement piqué comme le précédent.

323. Murailles (les) révolutionnaires; collection complète des professions de foi, affiches, décrets, bulletins de la République, fac-simile de signatures (Paris et les départements), illustrées des portraits des membres du gouvernement provisoire, des principaux chefs de club, des rédacteurs et gérants des premiers journaux de la révolution, affiches coloriées. *Paris, chez J. Bry*, 1852, 1 volume in-4, doré sur tranches, reliure pleine en maroquin rouge avec fers spéciaux poussés en or sur le dos et sur les plats.

Cet exemplaire est du premier tirage.

324. —— révolutionnaires de 1848, collection de décrets, bulletins de la république, adhésions, affiches, fac-simile de signatures, professions de foi, etc., précédée d'une préface d'Alfred Delvau (Paris et les départements); dix-septième édition, entièrement conforme à la première édition et augmentée d'un grand nombre de pièces, de la préface de M. Chevalier, de la table alphabétique comme supplément à la 16e édition, affiches coloriées. *Paris, E. Picard*, 2 volumes in-4, dorés sur tranches, avec charnières en maroquin, reliure pleine en maroquin rouge avec fers spéciaux poussés en or sur le dos et sur les plats.

325. Muses et Fées. Histoire des femmes mythologiques, dessins par G. Staal, texte par Méry et le comte Fœlix. *Paris, G. de Gonet*, 1 volume grand in-8, doré sur tranches, avec charnières en maroquin, papier de soie rose Montgolfier sur les gravures, reliure pleine en maroquin pensée et fers spéciaux poussés en or sur le dos et sur les plats.

326. Musée d'histoire naturelle, comprenant la cosmographie, la zoologie et la botanique, par

M. Achille Comte. *Paris, Gustave Havard, M.DCCCLIV,* 1 volume grand in-8, doré sur tranches, avec charnières en maroquin et papier de soie rose Montgolfier sur toutes les gravures, reliure pleine en maroquin pensée et fers spéciaux poussés en or sur le dos et sur les plats.

327. Muséum d'histoire naturelle. Histoire de la fondation et des développements successifs de l'établissement. Biographie des hommes célèbres qui y ont contribué par leur enseignement ou par leurs découvertes. Histoire des recherches, des voyages, des applications utiles auxquels le Muséum a donné lieu pour les arts, le commerce et l'agriculture. Description des galeries, du jardin, des serres et de la ménagerie, par M. P.-A. Cap et une société de savants et d'aides naturalistes du Muséum. *Paris, L. Curmer, M.DCCCLIV,* 1 volume grand in-8, doré sur tranches, avec charnières en maroquin et papier de soie rose sur toutes les gravures, reliure pleine en maroquin gros bleu et fers spéciaux poussés en or sur le dos et sur les plats.

Les gravures de cet exemplaire qui représentent des fleurs sont toutes coloriées avec soin.

328. Mystères (les) de Paris, par Eugène Sue. *Paris, librairie de Charles Gosselin, M.DCCCXLIII.* 4 volumes grand in-8, réunis en deux, dorés sur tranches, avec charnières en maroquin et papier Montgolfier sur les gravures, reliure pleine en maroquin gros bleu et fers spéciaux poussés en or sur le dos et sur les plats.

329. Mythologie (la) du Rhin, par Saintine, illustrée par G. Doré. *Paris, Hachette,* 1862, 1 volume grand in-8, doré sur tranches, avec charnières en maroquin, papier rose sur les gravures, reliure pleine en maroquin gros bleu et fers spéciaux poussés en or sur le dos et sur les plats.

330. NAPOLÉON EN ÉGYPTE, Waterloo et le Fils de l'homme, par Barthélemy et Méry, précédés d'une notice littéraire par Tissot, édition illustrée par Horace Vernet et H. Bellangé. *Paris*, *Bourdin*, 1 volume grand in-8, doré sur tranches, avec charnières en maroquin et papier Montgolfier sur les gravures, reliure pleine en maroquin gros vert et fers spéciaux poussés en or sur le dos et sur les plats.

Les gravures de cet exemplaire sont tirées sur papier de Chine avant la lettre. 1er tirage : médaille en bronze donnée aux premiers souscripteurs.

331. NAVIGATEURS (les) FRANÇAIS. Histoire des navigations, découvertes et colonisations françaises, par L. Guérin. *Paris*, *Belin-Leprieur*, 1847, 1 volume grand in-8, doré sur tranches, avec charnières en maroquin et papier blanc sur les gravures, reliure pleine en maroquin la Vallière et fers spéciaux poussés en or sur le dos et sur les plats.

332. NÉMÉSIS, satire hebdomadaire, par Barthélemy. *Paris, Perrotin*, 1850, 1 volume grand in-8, doré sur tranches, avec charnières en maroquin, papier rose sur les gravures, reliure pleine en maroquin gros vert, fers poussés en or sur le dos et fers spéciaux sur les plats.

333. —— (*même édition que ci-dessus*), 1 volume grand in-8, doré sur tranches, avec charnières en maroquin, papier rose sur les gravures, reliure pleine en maroquin la Vallière et fers spéciaux poussés en or sur le dos et sur les plats.

334. NOBLESSE et Chevalerie du comté de Flandre, d'Artois et de Picardie, publié par P. Roger. *Amiens*, 1843, *typographie de Duval et Herment*, 1 volume grand in-8, doré sur tranches, avec charnières en maroquin, reliure pleine en maroquin rouge avec fers spéciaux poussés en or sur le dos et sur les plats.

Les gravures de cet exemplaire sont sur chine avant la lettre.

335. Normandie (la) par M. Jules Janin. *Paris*, *Ernest Bourdin*, 1 volume grand in-8, doré sur tranches, avec charnières en maroquin et papier de soie rose sur les gravures, reliure pleine en maroquin la Vallière et fers spéciaux poussés en or sur le dos et sur les plats.

336. Nouveau Cabinet (le) des Fées, contes choisis suivis d'une notice sur les fées et les génies par Batissier, dessins de Foulquier. *Paris*, *Furne*, *MDCCCLXIV*, 1 volume grand in-8, doré sur tranches, avec charnières en maroquin rouge et fers spéciaux poussés en or sur le dos et sur les plats.

337. Nouvelle Héloïse (la), par J.-J. Rousseau, vignettes par T. Johannot, Walter, etc., gravées par Bruynot. *Paris, Barbier*, 1845, 2 volumes grand in-8, dorés sur tranches, avec charnières en maroquin et papier Montgolfier sur les gravures, reliure pleine en maroquin gros vert et fers spéciaux poussés en or sur le dos et sur les plats.

Les gravures de cet exemplaire sont tirées sur papier de Chine avant la lettre, et il a été ajouté les gravures de T. Johannot, publiées par Furne, concernant cet ouvrage,

338. —— génevoises, par R. Topffer, illustrées d'après les dessins de l'auteur, gravures par Best, Leloir, etc. *Paris*, *Garnier frères*, 1 volume grand in-8, doré sur tranches, reliure pleine en maroquin la Vallière et fers spéciaux poussés en or sur le dos et sur les plats.

339. Oraisons funèbres et Sermons choisis de Bossuet, nouvelle édition, illustrée de 12 gravures sur acier, d'après Rembrandt, Mignard, Nanteuil, etc., etc., gravées par Delaunoy, Wilmann, etc., etc. *Paris*, *Garnier frères*, 1 volume grand in-8, doré sur tranches, avec charnières en maroquin et papier Montgolfier sur les gravures, reliure pleine en maroquin noir et fers spéciaux poussés à froid sur le dos et sur les plats.

340. ORLÉANAIS (l'), histoire des ducs et du duché d'Orléans, comprenant l'histoire et la description de la Beauce, du pays Chartrain, du Blésois, du Vendômois, du Gâtinais, du Perche et de ce qui constituait l'ancienne généralité d'Orléans, par M. V. Philipon de la Madeleine, illustrée par MM. Baron, Français, C. Nanteuil et Rouargue, gravée par les meilleurs artistes français et anglais. *Paris*, *Mallet*, 1845, 1 volume grand in-8, doré sur tranches, avec charnières en maroquin et papier de soie blanc sur les gravures, reliure pleine en maroquin pensée et fers spéciaux poussés en or sur le dos ou sur les plats.

341. ŒUVRES choisies de Gavarni, revues, corrigées et nouvellement classées par l'auteur. Études de mœurs contemporaines, avec des notices en tête de chaque série par Th. Gautier et Laurent Jan. *Paris*, *J. Hetzel*, 1846, 2 volumes grand in-8, dorés sur tranches, avec charnières en maroquin vert et fers spéciaux poussés en or sur le dos et sur les plats.

342. —— complètes de Molière, précédées d'une notice sur sa vie par Auger de l'Académie française, vignettes d'après Horace Vernet, Herseur, Desenne, Johannot, etc. *Paris*, *Furne et Ce*, *M.DCCCLI*, 1 volume grand in-8, doré sur tranches, avec charnières en maroquin et papier Montgolfier sur les gravures, reliure pleine en maroquin pensée avec fers spéciaux poussés en or sur le dos et sur les plats.

343. —— de Molière, précédées d'une notice sur sa vie et ses ouvrages par M. Sainte-Beuve, vignettes par Tony Johannot. *Paris*, *chez Paulin*, *éditeur*, *M.DCCCXXXV*, 2 volumes grand in-8, dorés sur tranches, avec charnières en maroquin et papier Montgolfier sur les gravures, reliure

pleine en maroquin gros vert et fers spéciaux poussés en or sur le dos et sur les plats.

Première édition et premiers fers. Il a été ajouté, dans cet exemplaire, la collection de gravures publiée par Furne en 1851.

344. Œuvres de Guillaume Coquillart, 1847. *Reims, Bissart-Binet*, 2 volumes grand in-8, reliés en un doré sur tranches, avec charnières en maroquin, reliure pleine en maroquin rouge et fers spéciaux poussés en or sur le dos et sur les plats.

345. Panthéon (le) des hommes utiles, par MM. G. Chadeuil et Hipp. Lucas. *Paris, Dentu*, 1864, 1 volume grand in-8, doré sur tranches, avec charnières en maroquin et papier rose sur les gravures, reliure pleine en maroquin rouge et fers spéciaux poussés en or sur le dos et sur les plats.

Les gravures de cet exemplaire sont tirées sur papier de Chine.

346. Papillons (les). Métamorphoses terrestres des peuples de l'air, par Amédée Varin, texte par Eug. Nus et Antony Méray. *Paris, de Gonet*, 2 volumes grand in-8, réunis en un, dorés sur tranches, avec charnières en maroquin et papier Montgolfier sur les gravures, reliure pleine en maroquin gros bleu et fers spéciaux poussés en or sur le dos et sur les plats.

Les gravures de cet exemplaire sont coloriées avec beaucoup de soin.

347. Paris et les Parisiens au xixe siècle. Mœurs, arts et monuments, texte par MM. Alexandre Dumas, Th. Gautier, etc., etc., illustrations par MM. Eugène Lami, Gavarni. *Paris, Morizot*, 1856, 1 volume grand in-8, doré sur tranches, avec charnières en cuir de Russie et papier Montgolfier sur les gravures, reliure pleine en cuir de Russie et fers spéciaux poussés en or sur le dos et sur les plats.

348. Paul et Virginie, suivi de la Chaumière indienne, par Bernardin de Saint-Pierre, précédé

d'une notice historique par M. A. Sainte-Beuve, 1855, 1 volume grand in-8, doré sur tranches, avec charnières en maroquin et papier Montgolfier sur les gravures, reliure pleine en maroquin pensée et fers poussés en or sur le dos et fers spéciaux sur les plats.

Les gravures sur acier de cet exemplaire sont tirées sur chine.

349. Paul et Virginie, suivi de la Chaumière indienne, par Bernardin de Saint-Pierre, précédé d'une notice historique sur l'auteur par Sainte-Beuve. *Paris, Furne, M.DCCCLXIII*, 1 volume grand in-8, doré sur tranches, avec charnières en maroquin et papier de soie blanc sur les gravures, reliure pleine en maroquin gros vert et fers spéciaux poussés en or sur le dos et sur les plats.

Les gravures sur acier de cet exemplaire sont tirées sur chine; celles sur bois sont également sur chine, mais avant la lettre.

350. ——, par Bernardin de Saint-Pierre. *Paris, V. Lecou*, 1 volume grand in-8, doré sur tranches, avec charnières en maroquin et papier Montgolfier sur les gravures, reliure pleine en maroquin pensée et fers spéciaux poussés en or sur le dos et sur les plats.

Les gravures de cet exemplaire sont tirées sur papier de Chine.

351. Petite Bohémienne (la), par Élie Sauvage, dessins par Laurent Fröhlich. *Paris, Hetzel*, 1868, 1 volume grand in-8, doré sur tranches, avec charnières en maroquin, reliure pleine en maroquin la Vallière, et fers spéciaux poussés en or sur le dos et sur les plats.

352. Petit Caresme (le) et sermons choisis de J.-B. Massillon, évêque de Clermont. *Paris, Gavard*, 1 volume in-4, doré sur tranches, avec charnières en maroquin et papier de soie rose Montgolfier sur toutes les gravures, reliure pleine en maroquin violet, avec fers spéciaux poussés en or sur le dos et sur les plats.

353. Petit Monde (le), enfantillage et poésies, par Ch. Marelle; fabulettes allemandes, historiettes, contes, moralités, illustrés de 50 vignettes par nos meilleurs artistes. *Paris, Hetzel*, 1 volume grand in-8, doré sur tranches, avec charnières en maroquin, reliure pleine en maroquin vert et fers spéciaux poussés en or sur le dos et sur les plats.

354. Petite Princesse Ilsée (la), conte allemand, traduit par P.-J. Stahl, illustré par Froment. *Paris, J. Hetzel,* 1 volume grand in-8, doré sur tranches, avec charnières en maroquin, reliure pleine en maroquin bleu, et fers spéciaux poussés en or sur le dos et sur les plats.

355. Petites Misères (les) de la vie humaine, par Old Nick et Grandville. *Paris*, *Fournier*, 1 volume grand in-8, doré sur tranches, avec charnières en maroquin et papier blanc sur les gravures, reliure pleine en maroquin vert et fers spéciaux poussés en or sur le dos et sur les plats.

356. Petits Bonheurs (les), par Jules Janin, illustrations de Gavarni. *Paris*, *Morizot*, 1 volume grand in-8, doré sur tranches, avec charnières en maroquin et papier rose sur les gravures, reliure pleine en maroquin pensée et fers spéciaux poussés en or sur le dos et sur les plats.

357. Physiologie du Gout, par Brillat-Savarin, illustrée par Bertall, précédée d'une notice biographique par Alph. Karr, dessins à part du texte, gravés sur acier par Ch. Geoffroy, gravures sur bois intercalées dans le texte, par Midderigh. *Paris, de Gonet*, 1 volume grand in-8, doré sur tranches, avec charnières en maroquin, papier rose sur les gravures, reliure pleine en maroquin gros bleu et fers spéciaux poussés en or sur le dos et sur les plats.

Les gravures de cet exemplaire sont tirées sur papier de Chine.

358. Picciola, par Saintine; eaux-fortes par Flameng. *Paris, J. Hetzel*, 1 volume grand in-8, doré sur tranches, et papier rose sur les gravures, reliure pleine en maroquin violet et fers spéciaux poussés en or sur le dos et sur les plats.

359. ——, par Saintine. *Paris*, 1854, 1 volume grand in-8, doré sur tranches, avec charnières en maroquin et papier rose sur les gravures, reliure pleine en maroquin rouge et fers spéciaux poussés en or sur le dos et sur les plats.

360. Plutarque (le) de la jeunesse, ou Abrégé des vies des grands hommes de toutes les nations, par Pierre Blanchard. *Paris, Morizot*, 1 volume grand in-8, doré sur tranches, avec charnières en maroquin, papier rose sur les gravures, reliure pleine en maroquin gros vert et fers spéciaux poussés en or sur le dos et sur les plats.

361. —— français, Vies des hommes et des femmes illustres de la France, depuis le ve siècle jusqu'à nos jours, avec leurs portraits en pied sur acier, ouvrage fondé par M. Ed. Mennechet et publié sous la direction de M. E. Hadot. *Paris, Langlois et Leclercq, MDCCCXLIV*, 6 volumes in-8, reliés en 3, et 6 volumes in-4 de gravures reliés en 2, dorés sur tranches, avec charnières en maroquin, reliure pleine en maroquin violet avec fers spéciaux poussés en or sur le dos et sur les plats.

Les gravures de cet exemplaire d'amateur, qui ont paru en format in-8, ont été tirées sur chine avant la lettre, en format in-4, et le nom de chaque portrait a été imprimé à part, sur le papier de soie rose Montgolfier qui recouvre chaque gravure, ce qui en fait un exemplaire unique. Il a du reste été tiré fort peu d'exemplaires sur aussi grand papier.

362. Pour une Épingle, légende, suivie de la Feuille de coudrier, par J. T. de Saint-Germain. *Paris, Théodore Lefèvre*, 1 volume grand in-8, doré sur tranches, papier rose sur les gravures, reliure pleine en maroquin gros bleu et fers spéciaux poussés en or sur le dos et sur les plats.

363. Rachel et la tragédie, par M. Jules Janin, ouvrage orné de dix photographies représentant Mlle Rachel dans ses principaux rôles. *Paris, Amyot, M DCCC LIX*, 1 volume grand in-8, doré sur tranches, avec charnières en maroquin, reliure pleine en maroquin vert, avec les fers spéciaux poussés en or sur le dos et sur les plats.

364. Récits enfantins, par Eug. Müller, eaux-fortes par Flameng. *Paris, Hetzel*, 1 volume grand in-8, doré sur tranches, avec charnières en maroquin, papier rose sur les gravures, reliure pleine en maroquin rouge et fers spéciaux poussés en or sur le dos et sur les plats.

365. —— enfantins, par Eug. Müller; eaux-fortes par Flameng. *Paris, Hetzel*, 1 volume grand in-8, doré sur tranches, avec charnières en maroquin, papier rose sur les gravures, reliure pleine en maroquin violet et fers spéciaux poussés en or sur le dos et sur les plats.

366. —— historiques belges, par Adolphe Siret. *Bruxelles, Tarlié*, 1 volume grand in-8, doré sur tranches, avec charnières en maroquin et papier rose sur les gravures, reliure pleine en maroquin rouge et fers spéciaux poussés en or sur le dos et sur les plats.

367. Reine de Jérusalem (la) (XIIIe siècle), par Eugène Nyon, illustré de 10 eaux-fortes par H. Télory et de 20 dessins par Célestin Nanteuil, gravés sur bois. *Paris, E. Ducrocq*, 1 volume grand in-8, doré sur tranches, avec charnières en maroquin et papier de soie rose Montgolfier sur toutes les gravures, reliure pleine en maroquin gros bleu et fers spéciaux poussés en or sur le dos et sur les plats.

368. Résidences royales et impériales de France. Histoire et monuments, par M. l'abbé J.-J. Bourassé. *Tours, Alfred Mame, M DCCC LXVI*, 1 vo-

lume grand in-8, doré sur tranches, avec papier de soie sur toutes les gravures, reliure pleine en maroquin gros vert, avec fers spéciaux sur le dos et filets en or sur les plats.

369. Révolution d'Angleterre; Charles Ier, sa cour, son peuple et son parlement, 1630 à 1660; histoire anecdotique et pittoresque du mouvement social et de la guerre civile en Angleterre au XVIIe siècle, par Philarète Chasles; 18 gravures sur acier, d'après Van Dyck, Rubens et Cattermole. *Paris, Mme Ve Louis Janet*, 1 volume grand in-8, doré sur tranches, avec charnières en maroquin et papier Montgolfier sur les gravures, reliure pleine en maroquin vert et fers spéciaux poussés en or sur le dos et sur les plats.

370. Renard (le) (Reineke Fuchs), traduit par Édouard Grenier, illustré par Kaulbach. *Paris, collection J. Hetzel*, 1 volume grand in-8, doré sur tranches, avec charnières en maroquin, reliure pleine en maroquin gros vert et fers spéciaux poussés en or sur le dos et sur les plats.

371. Roi (le) des Montagnes, par Edmond About, 5e édition, illustrée par G. Doré. *Paris, Hachette*, 1861, 1 volume grand in-8, doré sur tranches, avec charnières en maroquin, papier rose sur les gravures, reliure pleine en maroquin rouge et fers spéciaux poussés en or sur le dos et sur les plats.

372. Rois (les) de France, 66 gravures sur acier, formant la galerie complète des portraits de Versailles, d'après les tableaux authentiques du musée de Versailles, accompagné d'une notice historique par Léluis. *Paris, Lehuby*, 1 volume grand in-8, doré sur tranches, avec charnières en maroquin et papier de soie rose sur les gravures, reliure pleine en maroquin gros vert, fers poussés en or sur le dos et fers spéciaux sur les plats.

Cet exemplaire est de la première édition, ainsi que l'indique la gravure de Clovis en regard du titre.

373. —— Le même ouvrage, 1 volume grand in-8, doré sur tranches, avec charnières en maroquin, papier rose sur les gravures, reliure pleine en maroquin gros bleu et fers spéciaux poussés en or sur le dos et sur les plats.

374. Rome ancienne et moderne, depuis sa fondation jusqu'à nos jours, par Mary-Lafon. *Paris, Furne, M DCCC LII*, 1 volume grand in-8, doré sur tranches, avec charnières en cuir de Russie et papier Montgolfier sur les gravures, reliure pleine en cuir de Russie et fers spéciaux poussés en or sur le dos et sur les plats.

375. Rome et l'Italie méridionale, promenades et pèlerinages, suivis d'une description sommaire de la Sicile, par M. L. de Sivry. *Paris, Belin-Leprieur*, 1 volume grand in-8, doré sur tranches, avec charnières en maroquin et papier Montgolfier sur les gravures, reliure pleine en maroquin violet et fers poussés en or sur le dos et sur les plats.

Les gravures de cet exemplaire sont avant la lettre, et l'indication de chaque gravure est imprimée sur le papier de soie.

376. Rues de Paris (les). Paris ancien et moderne, origines, histoire, monuments, costumes, mœurs, chroniques et traditions, ouvrage rédigé par l'élite de la littérature contemporaine sous la direction de Louis Lurine, et illustré de 300 dessins exécutés par les artistes les plus distingués. *Paris, G. Kugelmann*, 1844, 2 volumes grand in-8, dorés sur tranches et papier Montgolfier sur les gravures, reliure pleine en maroquin rouge, fers poussés en or sur le dos et fers spéciaux sur les plats.

377. —— Même ouvrage, 2 volumes grand in-8, dorés sur tranches, avec charnières en maroquin et papier Montgolfier sur les gravures, reliure pleine en maroquin rouge et fers spéciaux poussés en or sur le dos et sur les plats.

378. Russie (la) ancienne et moderne, d'après les chroniques nationales et les meilleurs historiens, par MM. Ch. Romey et Alfred Jacobs. *Paris, Furne, MDCCCLV*, 1 volume grand in-8, doré sur tranches, avec charnières en cuir de Russie et papier Montgolfier sur les gravures, reliure pleine en cuir de Russie, avec fers spéciaux poussés en or sur le dos et sur les plats.

Les costumes sont coloriés avec soin.

379. Saintes Femmes (les), fragments d'une histoire de l'Église, par M. l'abbé G. Darboy, chanoine honoraire de Paris, aumônier du lycée Napoléon, avec collection des portraits des femmes remarquables de l'histoire de l'Église peints et gravés par les meilleurs artistes français, ouvrage approuvé par monseigneur l'archevêque de Paris. *Paris, Garnier frères*, 1852, 1 volume grand in-8, doré sur tranches, avec charnières en maroquin et papier Montgolfier sur les gravures, reliure pleine en maroquin rouge, avec fers spéciaux poussés en or sur le dos et sur les plats.

380. Scènes de la vie privée et publique des animaux, vignettes par Grandville. Études de mœurs contemporaines, publiées sous la direction de Stahl, avec la collaboration de MM. Balzac, Baude, etc... *Paris, Hetzel*, 1842, 2 volumes grand in-8, dorés sur tranches, avec charnières en maroquin et papier Montgolfier sur les gravures, reliure pleine en maroquin pensée et fers spéciaux poussés en or sur le dos et sur les plats.

Les fers poussés sur ce volume sont les premiers qui ont été créés pour l'ouvrage.

381. —— de la vie privée et publique des animaux, vignettes par Grandville; études de mœurs contemporaines, publiées sous la direction de M. Stahl, avec la collaboration de MM. de Balzac, Baude, etc. *Paris, Hetzel et Paulin*, 1842, 2 volumes grand in-8, dorés sur tranches, avec charnières en maro-

quin et papier Montgolfier sur les gravures, reliure pleine en maroquin gros vert et fers spéciaux poussés en or sur le dos et sur les plats, mais entièrement différents des précédents.

382. Silvio Pellico. Mes Prisons, suivies du Discours sur les devoirs des hommes, traduction de M. Aristide de Latour, avec des chapitres inédits; édition illustrée par Johannot de 100 beaux dessins gravés sur bois par les premiers artistes. *Paris*, *Charpentier*, 1843, 1 volume grand in-8, doré sur tranches, avec charnières en maroquin et papier Montgolfier sur les gravures, reliure pleine en maroquin pensée et fers spéciaux poussés en or sur le dos et sur les plats.

383. Sources (les) du Nil, journal de voyages du capitaine Hanning Speke, traduit de l'anglais, avec autorisation de l'auteur, par Forgues; cartes et gravures, d'après les dessins du capitaine Grant. *Paris*, *Hachette*, 1864, 1 volume grand in-8, doré sur tranches, avec charnières en maroquin et papier rose sur les gravures, reliure pleine en maroquin rouge, et fers spéciaux poussés en or sur le dos et sur les plats.

384. Splendeurs (les) de l'art en Belgique, texte par MM. G. Moke, Ed. Fétis et A. Van Hasselt, illustrations par MM. Hendricka et Stroobant. *Bruxelles*, *A. Jamar*, 1 volume grand in-8, doré sur tranches, avec charnières en maroquin et papier de soie blanc sur les gravures, reliure pleine en maroquin la Vallière, et fers spéciaux poussés en or sur le dos et sur les plats.

Les gravures de cet exemplaire sont tirées sur papier de Chine.

385. Symphonies (les) de l'hiver, par Jules Janin, illustrées par Gavarni. *Paris*, *Morizot*, *M DCCC LVIII*, 1 volume grand in-8, doré sur tranches, avec charnières en maroquin et papier rose sur les gravures,

reliure pleine en maroquin gros vert et fers spéciaux poussés en or sur le dos et sur les plats.

386. Tasse a thé (la), par Kæmpfen, illustrée par Worms. *Paris, Hetzel*, 1 volume grand in-8, doré sur tranches, avec charnières en maroquin, papier rose sur les gravures, reliure pleine en maroquin rouge et fers spéciaux poussés en or sur le dos et sur les plats.

387. Terre et les Mers (la), ou Description physique du globe, par Figuier, ouvrage contenant 181 vignettes dessinées par Karl Girardet, le Breton, etc., et 20 cartes de géographie physique. *Paris, Hachette*, 1864, 1 volume grand in-8, doré sur tranches, avec charnières en maroquin, papier rose sur les gravures, reliure pleine en maroquin rouge et fers spéciaux poussés en or sur le dos et sur les plats.

388. Traité du langage symbolique, emblématique et religieux des fleurs, par l'abbé Casimir Magnort. *Paris, A. Toujet*, 1 volume grand in-8, doré sur tranches, avec charnières en maroquin et papier Montgolfier sur les gravures, reliure pleine en maroquin violet et fers spéciaux poussés en or sur le dos et sur les plats.

Les gravures de cet exemplaire sont coloriées avec beaucoup de soin.

389. Turquie pittoresque (la), histoire, mœurs, descriptions, par W. A. Duckett, préface par Th. Gautier, illustrée de 20 gravures sur acier, représentant les vues et monuments les plus remarquables de Constantinople et du Bosphore. *Paris, V. Lecou*, 1855, 1 volume grand in-8, doré sur tranches, avec charnières en maroquin et papier Montgolfier sur les gravures.

Reliure pleine en maroquin violet, fers poussés en or sur le dos et fers spéciaux sur les plats.

390. Un autre Monde, transformations, visions, incarnations, ascensions, locomotions, explora-

tions, pérégrinations, excursions, stations, cosmogonies, fantasmagories, rêveries, folâtreries, facéties, lubies, métamorphoses, zoomorphoses, lithomorphoses, métempsycoses, apothéoses et autres choses, par Grandville. *Paris, H. Fournier, M.DCCCXLIV*, 1 volume grand in-8, doré sur tranches, avec charnières en maroquin et papier Montgolfier sur les gravures, reliure pleine en maroquin gros vert et fers poussés en or sur le dos et sur les plats.

Les gravures de cet exemplaire sont coloriées avec beaucoup de soin.

391. Une Saison a Aix-les-Bains, par Amédée Achard, illustrée par Eugène Ginain. *Paris, Ernest Bourdin*, 1 volume grand in-8, doré sur tranches, avec charnières en maroquin et papier Montgolfier sur les gravures, reliure pleine en maroquin la Vallière et fers spéciaux poussés en or sur le dos et sur les plats.

Les costumes militaires de cet exemplaire sont tous coloriés.

392. Verne (Jules). Voyages et aventures du capitaine Hatteras, les Anglais au pôle Nord, le Désert de glace, 150 vignettes par Riou. *Paris, Hetzel*, 1867, 1 volume grand in-8, doré sur tranches, avec charnières en maroquin, reliure pleine en maroquin pensée et fers spéciaux poussés en or sur le dos et sur les plats.

393. Versailles. Palais, musée, jardins. *Paris, au bureau des Galeries historiques, Hector Bossange, V. Lecou*, 1 volume grand in-8, doré sur tranches, avec charnières en maroquin et papier Montgolfier sur les gravures, reliure pleine en maroquin la Vallière et fers spéciaux poussés en or sur le dos et sur les plats.

394. Vicaire de Vakefield (le), par Goldsmith, traduction nouvelle précédée d'une notice sur les ouvrages de Goldsmith et suivie de notes, par Charles Nodier, 10 vignettes dessinées par

T. Johannot, gravées sur acier par Revel. *Paris, V. Lecou*, 1 volume grand in-8, doré sur tranches, avec charnières en maroquin et papier Montgolfier sur les gravures, reliure pleine en maroquin pensée avec les fers spéciaux poussés en or sur le dos et sur les plats.

Les gravures de cet exemplaire sont tirées sur papier de Chine.

395. Vie (la) de Notre-Seigneur Jésus-Christ, ou l'Évangile dans son unité, par Pierre Lachèze; nouvelle édition, honorée d'un bref de S. S. le pape Pie IX, et des approbations de NN. SS. les cardinaux, archevêques et évêques, etc... *Paris, Furne*, 1855, 1 volume grand in-8, doré sur tranches, avec charnières en maroquin et papier rose sur les gravures, reliure pleine en maroquin noir, avec titres en or et fers spéciaux poussés à froid sur les plats.

Les gravures de cet exemplaire sont tirées sur papier de Chine.

396. —— de Notre-Seigneur Jésus-Christ, ou l'Évangile dans son unité, par Pierre Lachèze, nouvelle édition, honorée d'un bref de S. S. le pape Pie IX, et des approbations de NN. SS. les cardinaux, archevêques et évêques de Bourges, Bordeaux, Paris, Sens, Meaux, Périgueux, Versailles et Limoges. *Paris, Furne*, 1855, 1 volume grand in-8, doré sur tranches, avec charnières en maroquin et papier de soie rose sur toutes les gravures, reliure pleine en marquin gros vert et fers spéciaux poussés en or sur le dos et sur les plats.

Les gravures de cet exemplaire, sur papier de Chine, et les fers spéciaux sont entièrement diférents de ceux poussés sur l'exemplaire précédent.

397. —— des fleurs, par Eugène Noël, précédée d'une préface par P.-J. Stahl. *Paris, J. Hetzel*, 1 volume grand in-8, doré sur tranches, avec charnières en maroquin, reliure pleine en maroquin, avec fers spéciaux poussés en or sur le dos et sur les plats.

398. Vie (la) et les mœurs des animaux, par Figuier, zoophytes et mollusques, volume illustré de 185 figures dessinées d'après les plus beaux échantillons du muséum d'histoire naturelle et des principales collections, etc. *Paris*, *Hachette*, 1866, 1 volume grand in-8, doré sur tranches, avec charnières en maroquin et papier rose sur les gravures, reliure pleine en maroquin rouge et fers spéciaux poussés en or sur le dos et sur les plats.

399. —— et voyages de Christophe Colomb d'après les documents authentiques tirés d'Espagne et d'Italie, par Roselly de Lorgues, illustrations de Rouargue. *Paris*, *Morizot*, 1862, 1 volume grand in-8, doré sur tranches, avec charnières en maroquin et papier rose sur les gravures, reliure pleine en maroquin lilas et fers spéciaux poussés en or sur le dos et sur les plats.

400. —— et les mystères de la bienheureuse Vierge Marie mère de Dieu. *Henri Charpentier, M.DCCCLIX*, 1 vol. in-folio, doré sur tranches, monté sur onglet, avec charnières en maroquin et papier de soie rose Montgolfier sur toutes les chromolithographies, reliure pleine en maroquin la Vallière et fers spéciaux poussés en or sur le dos et sur les plats.

401. La Vierge, histoire de la mère de Dieu et de son culte, complétée par les traditions d'Orient, les écrits des Saints Pères et l'histoire privée des Hébreux, par M. l'abbé Orsini. Illustrée par MM. Laroche, Brévière, etc., etc. *Paris*, *L. Mercier, éditeur*, *M.DCCC.XLIV*, 2 volumes grand in-8 dorés sur tranches, avec charnières en maroquin et papier Montgolfier sur les gravures. Reliure pleine en maroquin blanc et fers poussés à froid sur le dos et fers spéciaux sur les plats.

402. VOYAGE à ma fenêtre, par Arsène Houssaye. *Paris, Victor Lecou*, 1 volume grand in-8 doré sur tranches, avec charnières en maroquin et papier Montgolfier sur les gravures. Reliure pleine en maroquin rouge et fers spéciaux poussés en or sur le dos et sur les plats.

403. VOYAGE au grand lac de l'Afrique orientale, par le capitaine Burton, ouvrage traduit de l'anglais avec l'autorisation de l'auteur par madame Loreau et illustré de 37 vignettes. *Paris, Hachette*, 1862, 1 volume grand in-8 doré sur tranches, avec charnières en maroquin, papier rose sur les gravures. Reliure pleine en maroquin violet et fers spéciaux poussés en or sur le dos et sur les plats.

404. VOYAGE autour de mon jardin, par M. Alphonse Karr, illustré par MM. Freeman, L. Maury, Steinheil, Meissonnier, Gavarni, Daubigny et Catenacci. *Paris, Louis Curmer et V. Lecou, M.D.CCCLI*, 1 volume grand in-8 doré sur tranches, avec charnières en maroquin et papier de soie rose sur toutes les gravures. Reliure pleine en maroquin gros vert et fers spéciaux poussés en or sur le dos et sur les plats.

405. VOYAGE aux Pyrénées, par Taine; 3e édition, illustrée par G. Doré. *Paris, Hachette*, 1860, 1 volume grand in-8 doré sur tranches, avec charnières en maroquin et papier rose sur les gravures. Reliure pleine en maroquin rouge et fers spéciaux poussés en or sur le dos et sur les plats.

406. VOYAGES dans l'Inde, par le prince Alexis Soltykoff. *Paris, L. Curmer, éditeur, M.D.CCCLI*, 1 volume grand in-8 doré sur tranches, avec charnières en maroquin et papier de soie blanc sur toutes les gravures. Reliure pleine en maroquin rouge avec fers spéciaux poussés sur le dos et sur les plats.

407. Voyages de Gulliver dans les contrées lointaines, par Swift ; édition illustrée par Grandville. *Paris, Furne, M.D.CCCXXXVIII*, 2 volumes in-8 réunis en un, dorés sur tranches, avec charnières en maroquin. Reliure pleine en maroquin gros bleu, et fers spéciaux poussés en or sur le dos et les plats.

408. Voyages de Gulliver, par Swift, traduction de l'abbé Desfontaines, revue, corrigée et précédée d'une introduction par Jules Janin, illustration de Gavarni. *Paris, Morizot,* 1862, 1 volume grand in-8 doré sur tranches, avec charnières en maroquin et papier rose sur les gravures. Reliure pleine en maroquin gros vert et fers spéciaux poussés en or sur le dos et sur les plats.

Les fers de cet exemplaire sont entièrement différents de ceux du précédent.

409. Voyage en Bretagne, illustré de vues prises sur les lieux avec un résumé des fastes de cette province, une histoire générale des bagnes et l'iconographie des principaux types de forçats étudiés à la chiourme de Brest, par A. Lepelletier de la Sarthe. *Au Mans, Monnoyer,* 1853, 1 volume grand in-8 doré sur tranches, avec charnières en maroquin et papier Montgolfier sur les gravures. Reliure pleine en maroquin gros vert et fers spéciaux poussés en or sur le dos et sur les plats.

410. Voyage en Italie, par Jules Janin. *Paris, Ernest Bourdin*, 1 volume grand in-8 doré sur tranches, avec charnières en maroquin, papier Montgolfier sur les gravures. Reliure pleine en maroquin pensée et fers spéciaux poussés en or sur le dos et sur les plats.

411. Voyage en Suisse, par Xavier Marmier; illustrations de Rouargue. *Paris, Morizot*, 1862, 1 volume grand in-8 doré sur tranches, avec charnières en maroquin et papier Montgolfier sur les

gravures. Reliure pleine en maroquin la Vallière et fers spéciaux poussés en or sur le dos et sur les plats.

Les gravures de cet exemplaire sont toutes coloriées.

412. Voyage en Perse, par le prince Alexis Soltykoff. *Paris, Victor Lecou, M.D.CCCLIV*, 1 volume grand in-8 doré sur tranches, avec charnières en maroquin et papier de soie rose Montgolfier sur toutes les gravures. Reliure pleine en maroquin gros vert avec fers spéciaux poussés en or sur le dos et sur les plats.

413. Voyages en zigzag, ou Excursion d'un pensionnat en vacances dans les cantons suisses et sur le revers italien des Alpes, par R. Topffer, illustrés d'après les dessins de l'auteur et ornés de 15 grands dessins par M. Calame. *Paris, Garnier frères*, 1850, 1 volume grand in-8 doré sur tranches, avec charnières en maroquin et papier Montgolfier sur les gravures. Reliure pleine en maroquin vert et fers spéciaux poussés en or sur le dos et sur les plats.

414. Nouveaux Voyages en zigzag à la grande Chartreuse, autour du mont Blanc, dans les vallées d'Hérent, de Zernatt, au Grimsel, à Gênes et à la Corniche, par R. Topffer, précédés d'une notice par Sainte-Beuve, illustrés d'après les dessins originaux de Topffer par MM. Calame, Karl, etc., etc. *Paris, V. Lecou, M.D.CCCLIV*, 1 volume grand in-8 doré sur tranches, avec charnières en maroquin et papier Montgolfier sur les gravures. Reliure pleine en maroquin rouge et fers spéciaux poussés en or sur le dos et sur les plats.

415. Voyage où il vous plaira, par Tony Johannot, Alfred de Musset et P.-J. Stahl. *Paris, J. Hetzel*, 1843, 1 volume grand in-8 doré sur tranches, avec charnières en maroquin et papier de soie rose sur les gravures. Reliure pleine en maroquin vio-

let et fers spéciaux poussés en or sur le dos et sur les plats.

416. VOYAGE PITTORESQUE dans l'Allemagne, par M. Xavier Marmier. Illustrations de MM. Rouargue frères. *Paris*, *Morizot*, 1860, 2 volumes grand in-8, dorés sur tranches, avec charnières en maroquin et papier de soie rose Montgolfier sur toutes les gravures, reliure pleine en maroquin gros vert et fers spéciaux poussés en or sur le dos et sur les plats.

417. —— dans les grands déserts du nouveau monde, par l'abbé Em. Domenech. *Paris*, *Morizot*, 1862, 1 volume grand in-8, doré sur tranches, avec charnières en maroquin et papier de soie rose sur toutes les gravures, reliure pleine en maroquin la Vallière et fers spéciaux poussés en or sur le dos et sur les plats.

418. —— en Espagne et en Portugal, par Émile Bégin. Illustrations de MM. Rouargue frères. *Paris, Belin-Leprieur,* 1 volume grand in-8, doré sur tranches, avec charnières en maroquin et papier de soie blanc sur les gravures, reliure pleine en maroquin rouge et fers spéciaux poussés en or sur le dos et sur les plats.

Les costumes sont coloriés avec beaucoup de soin.

419. —— en Hollande et en Belgique, par Edmond Texier. Illustrations de MM. Rouargue. *Paris, Morizot,* 1 volume grand in-8, doré sur tranches, avec charnières en maroquin et papier Montgolfier sur les gravures, reliure pleine en maroquin, pensée et fers spéciaux poussés en or sur le dos et sur les plats.

Les costumes dans cet exemplaire sont coloriés avec soin.

420. —— en Italie, partie septentrionale, par M. Paul de Musset. Illustrations de MM. Rouargue frères. *Paris, Belin-Leprieur et Morizot,* 1855,

1 volume grand in-8, doré sur tranches, avec charnières en maroquin et papier de soie Montgolfier sur les gravures, reliure pleine en maroquin violet et fers spéciaux poussés en or sur le dos et sur les plats.

Cet exemplaire est de la première édition.

421. Voyage en Italie, partie méridionale, et en Sicile, par Paul de Musset. Illustrations de MM. Rouargue frères. *Paris, Morizot*, 1 volume in-8, doré sur tranches, avec charnières en cuir de Russie et papier Montgolfier sur les gravures, reliure pleine en cuir de Russie et fers spéciaux poussés en or sur le dos et sur les plats.

422. —— en Italie, le même que ci-dessus, nouvelle édition. *Paris, Morizot*, 1864, 1 volume in-8, doré sur tranches, avec charnières en maroquin et papier de soie rose sur les gravures, reliure pleine en maroquin rouge et fers spéciaux poussés en or sur le dos et sur les plats.

423. —— en Russie, par M. Charles de Saint-Julien suivi d'un voyage en Sibérie, par Bourdier, illustrations de MM. Rouargue, Outmarth. *Paris, Belin-Leprieur*, 1854, 1 volume grand in-8, doré sur tranches, avec charnières en cuir de Russie, papier Montgolfier sur les gravures, reliure pleine en cuir de Russie, avec fers spéciaux poussés en or sur le dos et sur les plats.

Les costumes sont coloriés avec soin.

424. —— sur les bords du Rhin, par Edmond Texier, illustrations de MM. Rouargue frères. *Paris, Morizot*, 1858, 1 volume grand in-8, doré sur tranches et papier Montgolfier sur les gravures, reliure pleine en maroquin pensée et fers spéciaux poussés en or sur le dos et sur les plats.

Les costumes, dans cet exemplaire, sont coloriés.

425. Voyage en Suisse, en Savoie et sur les Alpes, par Émile Béguin, illustrations de MM. Rouargue. *Paris, Belin-Leprieur*, 1852, 1 volume grand in-8, doré sur tranches, avec charnières en maroquin pensée et fers spéciaux poussés en or sur le dos et sur les plats.

Cet exemplaire est de la première édition, et les costumes sont coloriés avec soin.

426. Voyage sentimental, traduction nouvelle, précédée d'un essai sur la vie et les ouvrages de Sterne, par M. J. Janin, édition illustrée par T. Johannot et Jacques. *Paris, Bourdin*, 1 volume grand in-8, doré sur tranches, avec charnières en maroquin et papier Montgolfier sur les gravures, reliure pleine en maroquin gros vert et fers spéciaux poussés en or sur le dos et sur les plats.

Les gravures de cet exemplaire sont tirées sur chine avant la lettre.

427. Voyageur (le) de la jeunesse dans les cinq parties du monde, contenant la description géographique et pittoresque des divers pays, l'esquisse des mœurs de chaque peuple, etc., etc., par MM. Champagnac et Olivier, illustré de 22 gravures par MM. Rouargue frères. *Paris, Belin-Leprieur*, 1 volume grand in-8, doré sur tranches, avec charnières en maroquin et papier de soie rose sur les gravures, reliure pleine en maroquin rouge et fers spéciaux poussés en or sur le dos et sur les plats.

Les gravures représentant des costumes sont coloriées.

428. Werther, par Goëthe, traduction nouvelle, précédée de considérations sur Werther et en général sur la poésie de notre époque, par Pierre Leroux, accompagnée d'une préface par George Sand, aux eaux-fortes par Tony Johannot. *Paris, J. Hetzel*, 1845, 1 volume grand in-8, doré sur tranches, avec charnières en maroquin et papier Montgolfier sur les gravures, reliure pleine en maroquin

gros vert et fers spéciaux poussés en or sur le dos et sur les plats.

Première édition, et premiers fers spéciaux. Les gravures de cet exemplaire sont tirées sur papier de Chine avant la lettre.

429. Werther, par Goëthe, traduction nouvelle, précédée de considérations sur Werther et en général sur la poésie de notre époque, par Pierre Leroux, accompagnée d'une préface par George Sand, dix eaux-fortes par Tony Johannot. *Paris, Victor Lecou*, 1 volume grand in-8, doré sur tranches, avec charnières en maroquin et papier de soie rose sur les gravures, reliure pleine en maroquin pensée avec fers spéciaux poussés en or sur le dos et sur les plats.

Les gravures de cet exemplaire sont tirées sur papier de Chine avant la lettre, et les fers spéciaux sont complétement différents de ceux ci-dessus.

TROISIÈME PARTIE.

OUVRAGES SUR LA VILLE DE REIMS.

431. REIMS. ESSAIS HISTORIQUES SUR SES RUES ET SES MONUMENTS, par Prosper Tarbé. Ouvrage orné de planches dessinées et lithographiées par J.-J. Maquart. *Reims, Quentin Dailly, M.DCCCXLIV.* 1 volume in-4, divisé en 5 gros volumes in-4, un atlas in-folio et un autre atlas grand in-folio, pour pouvoir contenir, suivant leur grandeur, toutes les gravures sur Reims qui y ont été ajoutées, demi-reliure par Tinot, montée sur onglets, avec coins en maroquin et fers poussés en or sur le dos.

Il a été ajouté dans cet exemplaire :

1. La collection des gravures de l'ouvrage, tirées sur 4 papiers différents. Une sur papier de Chine, une autre sur papier bistre, une autre sur papier ordinaire, et la dernière coloriée.

En regard de la page 351 se trouve en 3 exemplaires sur chine, bistre et coloriés, la planche intitulée : Vue des remparts de Reims, côté de l'est. Cette planche existe dans un très-petit nombre d'exemplaires, la pierre ayant été cassée au commencement du tirage.

2. La collection sur chine des planches du cartulaire publiée par Quentin Dailly.

3. La collection sur chine des gravures sur Reims, ses monuments et détails de ses monuments, publiée dans la Grande Champagne, par le baron Taylor.

4. La collection des gravures sur Reims, publiée dans les Annales archéologiques sous la direction de Didron aîné.

5. La collection de photographies publiées sous ce titre : Reims et ses environs, par Varin frères. Reims, Quentin Dailly.

6. La collection sur chine des gravures publiées dans l'Ancienne Chronique de Champagne.

7. La collection des gravures publiées par Quentin Dailly dans son édition in-12, ayant pour titre : Reims, ses rues et ses monuments, par Prosper Tarbé, MDCCCXLIV, et tirées sur quatre papiers différents : 1° sur chine, 2° sur papier jaune, 3° sur papier rose, 4° sur une feuille de bois.

8. La collection de lithographies coloriées sur Reims, par Asselineau. Paris, F. Simuet, éditeur.

9. La collection inédite des photographies sur la cathédrale, par MM. Auguste Marguet et Dauphinot.

10. La collection des gravures sur Reims, publiées dans le Moyen Age monumental et archéologique, imprimerie Lemercier-Bénardet et Comp.

11. La collection sur chine de lithographies par Hagnauer, d'après les dessins de J. Maquart. Imprimerie Lemercier, à Paris, épreuves d'amateur signées de J.-J. Maquart.

12. La collection des lithographies sur Reims, publiées par Boudié et Camuzet.

13. La collection sur chine des gravures sur Reims, publiées dans le Moyen Age et la Renaissance, sous la direction de Ferdinand Séré. Imprimerie de Plon frères.

14. La collection des gravures publiées par Quentin de Reims, en 1852, dans son ouvrage in-8, Notre-Dame de Reims, par Tarbé.

15. La collection des planches dessinées et lithographiées par J.-J. Macquart, et publiées en 1843 par Quentin, dans son ouvrage in-4, ayant pour titre : Trésors des églises de Reims, par Prosper Tarbé.

16. La collection des toiles peintes et tapisseries coloriées de la ville de Reims, dessinées et gravées par Leberthais, MDCCCXLIII.

17. La collection des tapisseries coloriées, publiées à la librairie catholique de Perisse frères, dans l'ouvrage ayant pour titre : Histoire de Saint-Remi, par M. C. Prior-Armand, 1846.

18. La collection sur chine des gravures in-4 publiées par Brissart-Binet, dans son Histoire métallique de la ville de Reims sous la république, 1848 à 1859, gravées par Baudart.

19. La collection sur chine des gravures du tombeau de saint Remi, gravées sur pierre par G.-G. Macquart, publiées par Quentin Dailly, dans son ouvrage : le Tombeau de saint Remy, à Reims, MDCCCXLVII.

20. La collection sur chine des gravures in-folio, dessinées et gravées sur pierre, par G.-G. Macquart. Typographie de Assy et Ce, à Reims, MDCCCXLVII.

21. La collection des portraits d'hommes célèbres et d'archevêques nés à Reims, et de gravures publiées dans les Galeries historiques de Versailles, et relatives aux sacres de Charles VII, Louis XIV, Louis XV et Charles X. Diagraphie et pantographie Gavard.

22. La collection des gravures du petit Reims, in-12, publiée par Brissart-Binet.

23. La collection des gravures du musée du Louvre, grand in-folio concernant le sacre de Louis XV et de Louis XVI, et les habillements des différents officiants, dont cinq grandes gravures doubles pour le sacre de Louis XV et une pour celui de Louis XVI. Ces six dernières gravures d'habillements en plus de celles des sacres.

24. La collection des gravures de Reims, lithographiées par Laurent, X. Leprince et Adam, d'après les dessins de Salnave.

25. La collection sur chine des gravures sur Reims, de H. Leclerc.

26. La collection de gravures concernant Reims, publiées par Jeanin, place du Louvre, n° 20. Imprimerie de Lemercier, à Paris.

27. Le Serment des évêques, colorié et rehaussé d'or et d'argent.

28. Les Armes du chapitre, grand in-folio colorié avec soin.

29. Plan général de Reims et de ses environs, grand in-folio, feuille double, avec les embellissements projetés pour Reims, gravé par Luttré, d'après les dessins de Legendre en 1769.

30. Plan colorié, grand in-folio en double feuille, de la ville, cité et université de Reims, par Collin en 1665.

31. Le somptueux frontispice de Notre-Dame de Reims, ville du sacre, 1625, par C. Gillot. D. M. gravé par M. Desson.

32. Le portrait grand in-folio de Colbert, gravé par Benedictus Audran, d'après les dessins de C. Le Febvre.

33. Description de la place de Louis XV que l'on construit à Reims, par le sieur Legendre. Paris, imprimerie de Proult, MDCCLXV. 1re édition.

34. Description de la place Louis XV, par le sieur Legendre, même ouvrage, réimpression faite par Quentin Dailly.

35. 2 gravures in-folio double, gravées par Varin, d'après Van Blarenbergh, et représentant les fêtes données à Reims à l'occasion de l'inauguration de la statue de Louis XV, le 26 août 1765.

36. Une magnifique gravure ancienne in-folio, publiée chez Demortaine, pour Notre-Dame, et représentant l'entrée de Louis XV, roi de France et de Navarre, dans la ville de Reims, le vendredi 23 octobre 1722.

37. La collection des gravures concernant le sacre de Charles X à Reims, dessinées par Blanchard et gravées par Sellier.

38. Une gravure in-folio représentant : Fragment d'une charte de Charles V, roi de France, tiré des Archives de Reims.

39. Deux caricatures sur chine, de M. Macquart, lithographiées par Renard.

40. La collection des gravures concernant Reims, et publiées par N.-P. Lerrebourg, gravées par Weber.

41. Gravure in-folio coloriée, représentant la cérémonie de l'érection de la croix de Mission à Reims en 1821, par M. de Forbin-Janson.

42. Jean-Baptiste Colbert, chevalier de Signelery, commandeur, etc., gravé par de Lormessin, 1866. Paris, chez P. Bertrand.

43. Très-beau portrait in-folio gravé sur acier de Nicolas Legros, docteur de la faculté de théologie, à Reims.

44. Vue générale de la ville de Reims, prise des hauteurs de Sainte-Geneviève, tirée à trois exemplaires, un colorié, un sur papier de Chine et un sur papier ordinaire.

45. La cathédrale de Reims, petit in-folio, coloriée avec soin, gravée par Varin, d'après G. Maquart, et publiée par Quentin Dailly.

46. Inauguration, in-folio, du chemin de fer de Reims, le 4 juin 1854, gravé par David.

47. Portraits des députés : MM. Ruinart de Brimont, Houzeau-Muiron, Léon Faucher, tiré, colorié, et sur papier ordinaire, et Émile Derode, de MM. Landouzy, directeur de l'école de médecine, Louis Lucas, Hédouin de Ponsludon, Jacob, Kolb, etc., tirés in-4; et de Henri Hardouin, et Monsr le cardinal Thomas Gousset, tirés in-folio. Nombreux plans de Reims sur chine et sur papier ordinaire, et une collection nombreuse de gravures concernant

Reims ou ses environs, dont plusieurs sont sur chine et sur papier ordinaire, et dont quelques-unes sont tirées à plusieurs exemplaires sur papiers différents.
Quelques gravures sont piquées.
EXEMPLAIRE UNIQUE.

432. HISTOIRE DE LA VILLE DE REIMS depuis sa fondation jusqu'à nos jours, illustrée des plans de Reims ancien et moderne et des vues de ses principaux monuments. *Reims, Brissart-Binet*, 1861, 1 volume in-12 doré sur tranches, reliure pleine en maroquin bleu avec les armes de Reims poussées en or sur les plats. (*Tinot.*)

433. TRÉSOR DES ÉGLISES DE REIMS, par Prosper Tarbé, ouvrage orné de planches dessinées et lithographiées par J.-J. Maquart. *Reims, imprimerie de Assy et Cie*, 1843, 1 volume in-4, doré sur tranches avec charnières en maroquin et papier de soie rose Montgolfier sur toutes les gravures, reliure pleine en maroquin gros vert avec fers spéciaux poussés en or sur le dos et sur les plats.

On a ajouté au commencement une gravure coloriée représentant le Serment des évêques, et dans le cours de l'ouvrage les gravures représentant les églises de Reims, publiées dans l'édition de Reims, par Tarbé.

434. NOTRE-DAME DE REIMS. par Prosper Tarbé, seconde édition, revue et augmentée par l'auteur, illustrée d'un plan, de 6 grav. sur acier et de 25 grav. sur bois. *Reims, Quentin Dailly*, 1852, 1 volume in-8, doré en tête et ébarbé, avec feuilles de papier de soie Montgolfier sur toutes les gravures, reliure pleine avec fers poussés en or sur le dos et filets sur les plats. (*Capé.*)

Cet exemplaire, imprimé sur peau de vélin, porte le n° 1, et est un des deux seuls qui aient été tirés ainsi. Les gravures sur acier sont avant la lettre et les gravures sur bois du titre et des commencements de chapitres sont coloriées avec soin et rehaussées d'or. Il a été ajouté une collection de gravures sur acier à l'eau-forte.

435. LE TOMBEAU DE SAINT REMI A REIMS. Notices sur le tombeau de saint Remi et sur ceux qui l'ont précédé, à 4 planches dessinées et gravées sur pierre, représentant les divers mausolées élevés à saint Remi, par J.-J. Maquart. *Reims, chez Quen-*

tin Dailly, M.DCCCXLVII. 1 volume in-folio renfermant les 5 tirages faits sur papier blanc, sur papier bistre, papier bleu, papier jaune et papier rose, doré en tête, ébarbé seulement, avec papier de soie rose Montgolfier sur toutes les gravures, demi-reliure avec coins en maroquin et fers poussés en or sur le dos. Bel exemplaire d'amateur dont il a été tiré un très-petit nombre sur grand papier. (*Galette.*)

436. Saint-Remi de Reims, dalles du xiiie siècle. *Reims, typographie de Assy et Cie, M.DCCCXLVII,* 1 volume in-folio, doré en tête et ébarbé, papier Montgolfier sur toutes les gravures, demi-reliure avec coins en maroquin et fers poussés en or sur le dos. (*Capé.*)

Il a été tiré très-peu d'exemplaires sur grand papier et sur papier de couleur. Ce volume contient trois exemplaires de cet ouvrage, un sur papier blanc avec gravures sur chine, un autre sur papier blanc ordinaire, et un autre sur papier chamois et gravures de même couleur. Il y a été ajouté le tombeau de saint Remi avec gravures tirées sur papier de Chine, et le tombeau tiré sur papier ordinaire.

Les gravures sont piquées sur le papier blanc.

437. Toiles peintes et tapisseries de la ville de Reims, ou la mise en scène du théâtre des Confrères de la passion, reproduisant les principales scènes des mystères et moralités du xve siècle. Planches dessinées et gravées par Leberthuis. Études des mystères et explications historiques par Louis Paris. *Paris, au dépôt chez M. le V. Hipp. de Bruslart, M.DCCCXLIII.* 2 volumes in-4, avec un atlas in-folio dont les gravures sont coloriées avec soin. — Hist. de saint Remi, précédée d'une introduction et suivie d'un aperçu historique sur la ville et l'église de Reims, par M. C. Prior-Armand. Cet ouvrage est suivi d'un texte explicatif destiné à accompagner un album grand in-folio composé de 10 planches représentant la vie de saint Remi et la 11° la ville de Reims. *Perisse frères,* 1846, 1 volume petit in-8, avec un atlas in-folio, dont les gravures sont coloriées

avec soin. Les deux atlas ont été reliés en un seul par Delaunay et ont du papier de soie rose sur toutes les gravures. Magnifique reliure pleine en maroquin rouge doré sur tranches et sur le dos, avec fers spéciaux poussés en or sur les plats et renfermant les armes de la ville de Reims sur un plat et la cathédrale de Reims sur l'autre plat. Les deux volumes in-4 des tapisseries de saint Remi ont également une reliure pleine en maroquin rouge, avec les mêmes fers spéciaux poussés en or sur les plats et modifiés de manière à rappeler exactement ceux de l'atlas et à renfermer comme lui sur un des plats les armes de la ville, et sur l'autre la cathédrale de Reims.

Il a été ajouté :

1. Dans le second volume des tapisseries, une gravure représentant les armes coloriées de la ville de Reims.

2. Dans l'atlas : les armes du chapitre en grand format et en couleur.

438. *Bibliothèque de l'amateur rémois*. La Messe des sans-culottes chantée à la Belle-Tour de Reims, le 24 pluviôse an II de la République. *Reims, Brissart-Binet, M.DCCCLIV*, 1 volume in-12 ébarbé seulement, splendide reliure pleine en maroquin rouge, compartiments et petits fers poussés en or sur le dos et sur les plats. (*Capé.*)

Bel exemplaire imprimé sur peau de vélin ; c'est un des deux seuls qui aient été tirés ainsi ; la messe est imprimée en caractères rouges.

439. *Bibliothèque de l'amateur rémois*. Description de la fontaine minérale de Chenay, par Nicolas Abraham, sieur de la Framboisière, doyen de la faculté de médecine en l'université de Reims, 1606. *Reims, Brissart-Binet, septembre CIƆDCCCLV* 1 volume in-12 ébarbé seulement, splendide reliure pleine en maroquin gros vert. (*Capé.*) Compartiments et petits fers poussés en or sur le dos et sur les plats.

Cet exemplaire, imprimé sur peau de vélin, est un des deux seuls qui aient été tirés ainsi.

440. *Bibliothèque de l'amateur rémois.* L'Art de plumer la poule sans la faire crier. *Reims, Brissart-Binet, janvier CIↃ DCCCLIIII,* 1 volume in-12 ébarbé seulement, splendide reliure en maroquin la Vallière, compartiments et fers poussés en or sur le dos et sur les plats. (*Capé.*)

Cet exemplaire, imprimé sur peau de vélin, est un des deux seuls qui aient été tirés ainsi.

441. Bibliothèque de l'amateur rémois. — Chansons nouvelles, contenant le récit remarquable et véritable de ce qui est arrivé dans la ville de Reims à l'encontre des Gensinistres. *Reims, Brissard-Binet, février CIↃ DCCCLVI,* 1 vol. in-12, ébarbé seulement, splendide reliure en maroquin bleu, compartiments et petits fers poussés en or sur le dos et sur les plats. (*Capé.*)

Cet exemplaire, imprimé sur peau de vélin, est un des deux seuls qui aient été tirés ainsi.

442. Contes rémois, par le comte de Chevigné, illustrés par Perlet. *Paris, Hetzel,* 1843, 1 vol. gr. in-8, doré sur tranches, avec charnières en maroquin rouge et papier rose sur les gravures, reliure pleine en maroquin rouge et fers poussés en or sur le dos et fers spéciaux sur les plats.

443. Les Contes rémois, par M. le comte Louis de Chevigné, dessins de E. Meissonnier. *Paris, Michel Lévy frères,* 1861, 1 vol. petit in-8, avec tranches dorées, reliure pleine, avec fers poussés en or sur le dos et une large dentelle poussée en or sur les plats. (*Tinot.*)

444. Le Cochon mitré. Dialogues, pamphlets dirigés contre Maurice le Tellier, archevêque de Reims, et, en passant, contre Mme de Maintenon et l'Académie française, attribués à François de la Bretonnière. *Reims, Brissart-Binet, CIↃIↃ CCCLVI,* 1 vol. in-12, ébarbé, splendide reliure en maro-

quin rouge, compartiments et petits fers poussés en or sur le dos et sur les plats, étui en maroquin rouge, doublé de chamois. (*Capé.*)

Cet exemplaire, imprimé sur peau de vélin, est un des trois seuls qui aient été tirés ainsi.

445. COLLECTION DES POÈTES DE CHAMPAGNE ANTÉRIEURS AU XVIe SIÈCLE, par Prosper Tarbé, savoir : Les Œuvres de Guillaume Coquillart. 1847, 2 vol. — Les Œuvres de Guillaume de Machault. 1849, 1 vol. — Le Roman du Chevalier de la Charrette, par Chrestien de Troyes et Godefroy de Laigny. *Reims*, 1849, 1 vol. — Le Roman de Girard de Viane, par Bertrand, de Bar-sur-Aube. *Reims*, 1850, 1 vol. — Le Roman d'Aubery le Bourgoing. *Reims*, 1849, 1 vol. — Œuvres inédites d'Eustache Deschamps. *Reims*, 1849, 2 vol. — Les Œuvres de Philippe de Vitry. *Reims*, 1850, 1 vol. — Les Chansonniers de Champagne aux XIIe et XIIIe siècles. *Reims*, 1850, 1 vol. — Chansons de Thibaut IV, comte de Champagne et de Brie, roi de Navarre. *Reims*, 1851, 1 vol. — Poëtes de Champagne antérieurs au siècle de François Ier, et Proverbes champenois avant le XVIe siècle. *Reims*, 1851, 1 vol. — Recherches sur l'histoire du langage et des patois de Champagne. *Reims*, 1851, 2 vol. — Le Tournoiement de l'Antechrist, par Huon, de Méry-sur-Seine. *Reims*, 1851, 1 vol. — Poésies d'Agnès de Navarre Champagne, dame de Foix. *Reims*, 1856, 1 vol. — Le Roman de Foulque de Candie, par Herbert-Leduc, de Dammartin. *Reims*, 1860, 1 vol. — Le Roman des Quatre Fils Aymon, prince des Ardennes. *Reims*, 1861, 1 vol. — Les Œuvres de Blondel de Néele. *Reims*, 1862, 1 vol. — Le Romancero de Champagne. *Reims*, 1863, 5 vol. — Ensemble, 24 vol. in-8 reliés en 8 vol. in-8, dorés sur tranches, avec charnières en veau, reliure pleine en veau fauve, avec fers poussés en or sur les plats, représentant

sur l'un les armes de la ville, sur l'autre la cathédrale de Reims.

Cet exemplaire est panaché, c'est-à-dire que le premier cahier du texte est tiré sur papier bleu, le deuxième sur papier jaune, le troisième sur papier bleu en alternant, ce qui en fait un exemplaire unique. Il a été ajouté :

1. Dans le 3e volume : Quand viendra notre roi dans Paris, ballade d'Eustache Deschamps, chantée en 1389. *Reims, Jacques.* MDCCCXLIX.

2. A la fin du 4e volume : Vive Henri IV, chansons historiques en six couplets, ad usum populi, cum notis variorum, MDCCCL.

446. Cazin, sa vie et ses éditions, par un Cazinophile. *Cazinopolis* (*Reims*), *M.DCCC.LXIII,* 1 vol. in-12; doré en tête et ébarbé, demi-rel. avec coins en maroquin et fers poussés en or sur le dos. (*Petit.*)

FIN.

ORDRE DES VACATIONS.

Première vacation. — *Lundi 24 avril 1876.*

Nos 147 à 300

Deuxième vacation. — *Mardi 25 avril.*

301 à 429

115 à 146

Troisième vacation. — *Mercredi 26 avril.*

1 à 114

Ouvrages sur Reims. 432 à 446

—— 431

CONDITIONS DE LA VENTE.

Exposition générale, le dimanche 23 avril 1876.

Il y aura, chaque jour de vente, à une heure, Exposition des livres composant la vacation.

La vente est faite au comptant.

Les livres vendus devront être collationnés sur place ; une fois sortis de la salle de vente, ils ne seront repris pour aucune cause.

Les acquéreurs payeront, en sus du prix d'adjudication, cinq centimes par franc, applicables aux frais.

M. Adolphe Labitte se chargera de remplir les commissions des personnes qui ne pourraient assister à la vente.

Paris. — Typographie Georges Chamerot, rue des Saints-Pères, 19.

RED. :

20

graphicom

0 1 2 3 4 5 6 7 8 9 10

www.ingramcontent.com/pod-product-compliance
Lightning Source LLC
LaVergne TN
LVHW012018220826
846092LV00001B/397

9782329232423